JN038180

あのね、じつは、はじめてなんだ。
ゆるそうでうぶな彼女との初体験まで、あと87日

日日綴郎

ファンタジア文庫

3288

口絵・本文イラスト　みすみ

YURU-
ゆるそうでうぶな彼女との
初体験まで、あと87日
あのね、じつは、
はじめてなんだ。
UBU
Presented by
Tsuzuro Hibi
and Misumi

プロローグ　見栄《みえ》と青春

見栄を張ったってろくなことにはならない。

そんなこと頭ではわかっているのにどうしてもくだらない見栄を張ってしまうのが、大人たちが「青春」と呼ぶ日々を現在進行形で謳歌《おうか》している、俺たちの痛々しい特徴なのかもしれない。

俺が考える見栄とは、言い換えれば青春の象徴だ。

格好つけなければ陰キャの烙印《らくいん》を押されるスクールカースト制度も、多少無理しなければついていけない会話も全部、青春時代特有の悩みだからだ。

……だから、その。見栄を張り続けた結果、焦《あせ》ってパニックに陥った俺が硬直してしまったのも、恥ずかしいけれど仕方がないとも思う。

俺がこうして自分を正当化するように胸中で御託を並べているのには、理由がある。

格好つけたところで、裸になるときはいつかやってくるのだから。いろんな意味で。

目の前に横たわる女の子に自然と視線が吸い寄せられる。なんて綺麗《きれい》な体なんだろうと思った。

まだ全部を脱いだわけではないけれど、露出する白い肌に、いつもより間近で見る細くて長い脚に、いちいち目を奪われて息を呑《の》む。

俺なんかが触れてはいけないような神秘さと、俺がこの手で汚《けが》してしまいたい不埒《ふらち》な欲を抱かせる、相反する魅力に抗《あらが》えず彼女から目が離せずにいた。

ベッドの上で仰向けになって乱れた彼女の髪も、ブラジャーに包まれた胸も、何もかもが新鮮かつ神々《こうごう》しい。

もっと欲望に身を任せて俗っぽく表現していいのなら、エロい。興奮する。最高。

「……み……見るだけで、いいの……？」

ずっと見ていたい気持ちと、今すぐに一つになりたい欲望がずっと俺の中でせめぎ合っていたけれど、今の言葉で決壊してしまった。

唇を合わせると快感が体中を駆け巡り、ただでさえ普段から彼女のことばかり考えている頭の中が、一ミリの隙もなく彼女で満たされていく。

それは決して悪い気分ではなく、むしろ恍惚《こうこつ》。……そろそろ、ブラジャーを外してもいいよな？ ずっと妄想の中だけでしか触れられなかった、片手では収まらないように見える彼女の胸を揉《も》んでみたい。

手の届くところに、ブラジャーという拘束具に包まれている白い胸がある。現実味のない現実に戸惑いながらも、確かな感触を求めて唾を呑み込んだ。

「……私だけなのは、恥ずかしいよ……」

頬を染めた彼女が、俺を見つめながら呟《つぶや》いた。

……どの行為が恥ずかしいのだろう。半裸になってベッドに仰向けになっている、この体勢のことを言っているのだろうか。でもセックスって、ある程度は男が動かないといけないんじゃ……あ！ 俺にも服を脱いでほしいってことか！

おそらく正解に辿《たど》り着いたとは思うのだが、再び硬直してしまった。

脱ぐのは今？ でもまだ彼女を一つも気持ちよくさせられていないのに、脱ぐのは変じゃないか？ それに脱ぐとしても、どこまで？ 上だけ？ それとも、全部？

——わからない。俺はいつ、どうやって服を脱げばいいんだ？

セックスに慣れている男だったら自然に、スマートに、体が勝手に動くのかもしれない。だけど俺は、女の子の体を見るのも触るのも何もかもが初めての、今まさに初体験をしようとしている童貞だ。そんな俺にとって服を脱ぐタイミングなんて難題すぎるゆえに、頭の中はあっという間に疑問符で埋め尽くされていく。

俺は初体験を無事に終えることができるのだろうか。

内心焦りまくっているくせに、こんなときにも格好つけてなんとか平静を装《よそお》おうとする俺を、下着姿の彼女が大きな瞳で見つめている。

さあ、どうしよう。この先、どうやって進めていけばいい？

第一話　ヤリチン（？）なのに童貞

【鏑木隼の四月二十七日】

一年前。この晴丘高校《はれおかこうこう》に入学したばかりの頃はめちゃくちゃ緊張したし、毎日気を張ってゼロからの友人関係の構築に尽力していた。あの時期は何もかもが新鮮で楽しくもあり、一方で体力的にも精神的にも疲れていた。

真新しい制服に身を包んでテンションの高い新一年生を眺めながら、無事に二年生に進級した俺は先輩風を吹かせながら懐かしい気持ちになった。

まだ慣れない二年生の教室に入り、特定の誰かに向けたものではない挨拶をする。

「おはよー」

「おはよう隼《しゅん》」「はよー」「おーす」

教室のあちこちから挨拶が返ってきた。数人のクラスメイトと軽く談笑してから自席に座るやいなや、友人の雅久斗《がくと》がヘラッとした笑顔を作りながら俺の机の上に腰掛けた。

「隼、山高《さんこう》の美波《みなみ》ちゃんに何したんだよ？」

「いや別に、何もしてねえよ？　普通に飯食べに行っただけ」

「そんなわけねえだろ？　美波ちゃんの友達とオレの友達が繋《つな》がってるからさー、彼女の怨嗟《えんさ》の声はオレの耳にまで届いてんだよ。『鏑木《かぶらぎ》隼は女心を弄ぶ酷《ひど》い男だ』って」

　思わず眉間に皺が寄る。不本意な方向に噂《うわさ》が広まっているようだ。

「えー……なんでだよ。っていうか、一回だけデートしたら俺のことは絶対に諦めるからって言うから、一緒に遊びに行ったのに。話が違う……」

「まあ、一緒にいるうちに諦められなくなっちゃったんだろ。イケメンでヤリチン、特定の彼女を作らずに、不特定多数の女の子と遊び歩く鏑木隼相手に少しでも夢を見た美波ちゃんは、いい勉強になっただろうな」

　イケメンでヤリチンだなんて不名誉な呼び名だが、いくら否定してもどうせ誰も聞く耳を持ってはくれないとこの一年間で学習した俺は、いつからか抗議を諦めるようになってしまった。

「どの口が言うんだか。お前の左頬が腫れているのは、女の子にひっぱたかれたからか？」

「そ。思いっきりやられたけど仕方ない。これで重たい女と縁が切れたと思えば、安い代償だろ」

そう言って左頬を撫《な》でるこいつは、晴丘高校一番のチャラ男と呼ばれている森《もり》雅久斗だ。

背が高く、少し怖そうに見られがちな風貌をしているが、とにかくノリが良くて女の子にマメなためか非常にモテる。貞操観念が緩く、高校二年生にして経験人数は担任の年齢と同じくらいという、俺からしてみたら考えられないヤリチンだ。

俺と雅久斗は二人セットで、晴高《はれこう》のヤリチンコンビだと一部男子から目の敵にされている。その一部男子の数より友達の方が多いから問題なく学校生活を送れているけれど、この比率が逆転してしまったら普通に辛《つら》い。これ以上女の子絡《がら》みの噂は立たないでほしいところだ。

「でも、今回みたいなパターンは珍しいよな。隼は基本的に振った女とも仲良くできる方だもんな。優しいのか残酷なのか、オレにはわからんけど」

「それはもう相手の女の子に任せてるよ。俺が考えることじゃないし、女の子に冷たくするとか俺には無理だから」

「イケメンの苦悩ってやつか。少し優しくしただけで勝手に好きになられたり嫉妬されたりするんだから、大変だな」

他人事《ひとごと》のように笑いながらスマホを取り出した雅久斗は、指を素早く動かしてメッセージを打っている。

「相変わらず速っ。雅久斗のフリック入力の速さは日本一だと思うよマジで」

「女の子はマメな男が好きだからな。ヤるまではとことん尽くすんだよオレは」

青春ど真ん中と言われる高校二年生の俺たちは、漫画だったら大抵主人公の年齢だ。

何かに急《せ》かされるように、何かに突き動かされているかのように、皆が何かしらの熱や欲を抱いて勉強に部活に趣味に恋に、夢中になれるものを探している。

雅久斗は女の子にモテること、もっと直球に言えば女の子とエッチすることに情熱を捧《ささ》げているタイプに分類される。というか、俺の周りの友人は皆そのタイプゆえに、周りから見たら俺も同じグループの一員として、女の子と遊びまくる青春を楽しんでいると思われているだろう。

客観的に見て、俺がいつも一緒につるんでいる男友達や女の子たちは皆、容姿に優れていて雰囲気が華やかだ。制服の着崩し方や身につけているものがお洒落《しゃれ》だし、当然のように誰とでも楽しく話せるコミュニケーション能力の高さが特徴だ。

いわゆる「陽キャ」と呼ばれる人たちの中でも、男女含めてクラスで一際《ひときわ》華やかな存在の人間が集まるのが俺がよく行動を共にするグループだ。このグループにいる彼らは皆例外なく、中学生の頃に初体験を済ませている。

——俺、鏑木隼を除いては。


「よくそこまでセックスに情熱を注げるよな。お前のそういうとこすげえと思うわ」

「セックスはいいぞ？　隼も脱童貞したら、オレの気持ちがわかるんじゃね？」

小声でそう言って雅久斗はニヤリと笑った。

俺は焦《あせ》りながら周りを見回し、こいつの発言を誰も聞いていなかったことを確認してから、「うるせえ」と言って目を逸《そ》らした。

親友である雅久斗以外は、誰も知らない。

ヤリチンと呼ばれている俺、鏑木隼が、実は童貞であることを。

俺がいつも一緒にいるグループ内ではこんな会話が頻繁《ひんぱん》に、日常の会話の一つとして繰り広げられる。

「今月金ないのにゴムが足りねー。恵んでくれよ」

「今日デートなんだけどさ、彼女が生理中だわ。つれえ」

「最近できた彼氏、会う度にエッチしようとしてくるからさー、この間喧嘩《けんか》になった」

最初はヤリチンの噂を否定していた俺だったが、性事情を赤裸々に話す友人たちに「実は童貞なんだ」と告白するのは、引かれたり馬鹿にされたりするんじゃないかと次第に不安を抱くようになった。

勇気を出せずにいるうちに、ヤリチンの噂を否定したいという気持ちから絶対に童貞だとバレたくないという気持ちへと少しずつシフトしていき、ヤリチンの仮面を被った現在に至るというわけだ。

そもそも、エッチどころか女の子と付き合ったこともなく、同感なんて一切できない俺がどうして彼らとつるんでいるのだろうか。どうして、ヤリチンなんて呼ばれるようになったのだろうか。

陽キャのくせに、童貞。イケメンと呼ばれているのに、童貞。ヤリチンなのに、童貞？

俺の学校生活は、歪《いびつ》な建前と青い見栄《みえ》で構成されている。

☆

ここで、少し長くなるけれど俺の話をさせてもらおう。

俺は中学生の頃は、どちらかといえば地味だと言われているグループに所属していた。運動部にも入っていなかったし、お洒落にも無頓着で制服はちゃんと校則通りに着用していたし、いつも分厚い眼鏡をかけていた。それでも気の合う友人たちと仲良くしていた俺は日々に満足していたし、高校生になっても大学生になってもこんな感じで生きていくのだろうと、未来予想もできていた。

だけど、晴丘高校の入試当日。一人の女の子に恋をしてから、人生が変わった。

あの日俺はとあるハプニングに遭い、かけていた眼鏡のフレームが駅のホームで折れてしまった。視界がぼやける中で途方に暮れる俺を助けてくれたのが、その女の子だ。

彼女も同じ晴高を受験するからと言って、俺を試験会場まで案内してくれただけではなく、受験が終わった後も俺を案じて、親が車で迎えに来るまで一緒に待ってくれたのだ。

視界不良の中でも、俺のすぐ側にいてくれた彼女の顔ははっきりと認識した。

黒髪で二つ結びの大人しい印象を受ける女の子だったけれど、話していてあんなに楽しくて、あんなに胸が高鳴る女の子は初めてだった。

俺はすぐにこの気持ちの正体に気づいた。恋はするものではなく落ちるものという、どこかで聞いた言葉が脳裏を過《よ》ぎった。

自己紹介は交わしていた俺と彼女は、まだ互いに晴高に合格できるとも限らないし、連絡先を交換するのは二人で合格を決めてからにしようと約束をしてその日は別れた。

仲村日和《なかむらひより》さん。教えてもらったその素敵な名前を、俺は忘れたことはない。

今の地味で冴《さ》えない俺のままでは、可愛《かわい》いあの子に釣り合わないと思った。だから彼女に好きになってもらえるように変わろうと決心した。

眼鏡からコンタクトレンズに変えた。癖毛で諦めていた髪の毛を短めに切り整え、ワックスで立てる練習をした。眉毛も整えて、制服も少しだけ着崩してみた。ファッションには疎《うと》くても、せめてダサくない私服を着こなしたいと思い自分なりに勉強をした。

知り合いや友達からは「高校デビューでも目指してんの？」と笑われるかもしれないと思ったけど、彼女のために変わりたい気持ちが勝ったのだ。

そして、合格発表当日。

晴高まで足を運んだ俺はその日、彼女の姿を見つけることができなかった。

彼女も学校に来ている予感がしていたけれど、ホームページで合否を確認する派だったのかもしれない。少しだけ肩を落としつつも彼女もきっと合格しているだろうと信じて、入学式で会えるし楽しみが延びたと前向きに考えることにした。

入学式で発表されたクラス表の中に彼女の名前を見つけ、俺は大いに興奮した。クラスは違ったもののすぐに声をかけに行こうと彼女に会いに行った俺は、ここ数年で一番驚かされることになる。

そこには明るい髪色をしたスカートの短い、華やかな風貌の少女がいた。

受験当日は地味な格好をするのが常識とはいえ、記憶の中の彼女とは全く違う姿に俺は激しく動揺した。

そしてそれは、俺を見た彼女も同じだったようだ。目を大きく丸くして、何度も俺の名前を確かめていた。

「え……か、鏑木《かぶらぎ》くん？　ほ、本当に？」

「う、うん。俺は間違いなく鏑木隼《しゅん》だよ。えっと……仲村さん、だよね？」

「そうだよ。わー、なんだか雰囲気が違ったからビックリしちゃった。でもお互い合格できて良かったね！　これからよろしくねー！」

見た目は大きく変化していたものの、話してみると俺が惹《ひ》かれた女の子そのもので安堵《あんど》した。しかし俺は自分が思っていたより動揺していたようで、再会の勢いのまま連絡先を交換すれば良かったのにすっかり失念してしまったのだった。

かくして、スタートダッシュに失敗した俺の片想《かたおも》いの日々が幕を開けたわけだが、俺と彼女の変貌以外にも大きな変化があった。

なぜか高校入学と同時に、生粋の陽キャグループに入ることになった、ということだ。

中学時代から陽キャに嫌悪《けんお》感があるわけじゃなかったから普通に会話はできるし、一緒にいて楽しいと思う一方で、文化の違いに大いに戸惑いを隠せないのが異性関係だった。

皆初体験は中学生で済ませており、経験人数は三人以上がデフォルト、二股やら浮気《うわき》やらセフレまでいる奴《やつ》も中には存在する。仲間内で飛び交う下ネタの数々は笑って聞いてはいるものの、理解できないことがざらにある。

だから童貞である俺は恥ずかしくて自分から下半身事情の話をしたことがなかったし、話を振られてものらりくらりと躱《かわ》していた。

「隼の初体験はいつだった？　まさか小学校のときとか？」

「どうだったかな……。俺はいつだって初めての気持ちでいるけどな」

「同じ相手とはヤらないってことか……さすが隼、レベルが違うな」

実際、経験なんてないのだから常に初心を持っていることは嘘《うそ》ではないはず。……なんか誤解されたような気がするけど、大丈夫だよな？

「エッチのとき彼女が演技してるっぽいんだよな。隼はどうやって見抜いてる？」

「……見抜く必要なんてないと思う。女の子の優しさが気に障《さわ》るなら、男が頑張るだけの話だし」

「そうだよな……イジけてないで俺がもっと彼女のために頑張らないとな！　ありがとな隼！　やっぱお前の話は参考になるわ！」

エッチ中の女の子の反応なんてAVでしか見たことのない俺に、演技か本気かなんてわかるわけがない。でも女の子の感じ方って、本人の素質みたいなものも大事だろうけど男次第な部分も大きいんじゃないのかな。……っていうか、未経験のくせに偉そうなことを言った俺がやけに持ち上げられている気もするけど……変なことは話してないよな？

こんな風に一般論と俺なりの考えを混ぜて話を合わせているうちに、噂《うわさ》の出所が本当にわからないけれど、童貞だというのに俺はなぜか「自信と余裕に溢《あふ》れる真のヤリチン」だとか意味不明なことを言われるようになった。

真偽も本人の言葉も無視して広がっていく噂を消す術《すべ》を、俺は知らなかった。

噂が出始めて最初の頃は「ヤリチンじゃないって」「本当は童貞なんだよ俺」と説明しようとしたものの、取り合ってもらえなかったどころか「謙遜とか嘘はやめた方がいいぞ。感じ悪く思う奴も出てくるからな」と忠告されたことで何も言えなくなってしまった。

時間が経過するにつれ、皆の中でヤリチン・鏑木隼のイメージが作り上げられていた。今更童貞だなんてバレてしまったら、完全に嘘《うそ》吐《つ》き呼ばわりされて人間関係が崩壊してしまうかもしれないという不安を抱くようになった。

——こうなってしまってはもう、見栄を張り続けるしかなかった。

陽キャには陽キャなりのルールだとか美学があり、それに従って行動することが高校生活では大切なのだろうと理解した。大昔に作られた「郷に入っては郷に従え」という諺《ことわざ》は、現代の学生においても通用する普遍的な諺だったことをこの身をもって知ったのだった。

友人は皆気が良く、話していて面白い奴らが多いから学校生活を楽しく過ごせていると思うし、充実しているとも思う。

だけどどうしても、無理に話を合わせたり皆のイメージする「鏑木隼」を崩さないように気を張ったりして、疲れてしまうこともある。

さて。遊んでいると思われている俺の、仲村さんとの恋の進展はというと。

基本的に俺や仲村さんのグループには、他クラスでも他学年でも垣根なく仲良くするコミュ力の高さを持つメンバーが揃《そろ》っているのにもかかわらず、運の悪いことに過去にトラブルがあった互いのグループの女の子二人の仲がすこぶる険悪なことから、グループ同士での接点はほとんどなかった。

それに——とある理由もあって、俺はアクションを起こせずにいる。

そうやってなんやかんやと言い訳をつけては、未《いま》だに彼女に話しかけることもできず、連絡先すら聞けずの体《てい》たらくだ。

何がヤリチンだ。めちゃくちゃ情けない話である。

俺自身と、俺の周りの環境の変化。

二つの変化は二年生になった今でも、俺の高校生活に大きく影響を与えている。

☆

ようやく授業の終わりを告げるチャイムが鳴り、昼休みに入った。

「隼ー、一緒にお昼食べよー！」

同じグループにいる仲のいい女の子、園田玲奈《そのだれな》が笑顔で俺の肩を叩《たた》いた。

俺がいつも雅久斗《がくと》を含めた友人たちと一緒に学食で食べているのを知っているはずなのに誘ってくるということは、何か話したいことがあるのだろう。

雅久斗に視線を送ると、奴はニヤつきながら手を振った。

「今日は別行動な。じゃなー」

食堂へ移動する雅久斗たちと距離を取りたがった玲奈の歩調に合わせてゆっくりと歩き、唐揚げ定食を注文した俺は運よく空いていた食堂の隅っこの二人掛けの席に腰かけた。

玲奈が来るのを待って一人でスマホを触っていると、近くに座っていた三年生の女の先輩たちから「鏑木くん、今日は一人なの？　一緒に食べる？」と声をかけられた。友達を待っていることを伝えると、彼女たちは大袈裟《おおげさ》に「振られちゃったー」なんて言いながらケラケラ笑っていた。

「お待たせー。……ちょっとお、一人にした瞬間ナンパされないでよ。女子か」

「ナンパってなんだよ。一緒に食べようって誘われただけじゃん。……ナンパだね、これ」

たわいない話をしながら唐揚げを頬張った。俺は女の子と二人きりになる機会がわりと多いし、こうして食事をするのも慣れてはいるものの、今日はなんだか周りからよく見られているような気がする。

「ふふっ……皆さー、あたしと隼が付き合い出したんじゃないかって気になってるね。超注目されてる」

「え、なんでだろ。別に特別なことはしてないのに」

「こんな人の集まるところで、二人で堂々と食べているからじゃない？　隼はもっと自分がモテることを自覚した方がいいよ。……まあ、そういうことに無頓着なところも好きなんだけど」

箸を止めて、真正面の玲奈を見る。目と目が合った。アイメイクの濃い玲奈の鋭い瞳からは、強い引力が発せられている。

「あたしと付き合ってよ、隼。ずっと前から好きだったの」

予想していなかったと言えば嘘になる。玲奈は前々から俺に対する好意を隠そうとしなかったからだ。

望む答えをあげられない以上、できるだけ傷つけたくはない。だから俺はいつも女の子からの告白に対しては極力誠実に、慎重に対応するように心掛けている。

「ごめん、玲奈の気持ちには応えられない」

一旦箸を置いてから、ゆっくりと頭を下げる。

少しの沈黙の後、玲奈から「ねえ、顔上げてよ」と言われて素直に従うと、頰を膨らませる彼女の顔が見えた。

「隼みたいなイケメンのヤリチンを好きになったときから、正式な彼女にしてもらえないかもって覚悟はしてたけどぉ……ねえ、どうしてあたしじゃ駄目なの？　まずはお試しで一回くらい付き合ってみようよ。あたしこう見えてさ、結構尽くすタイプだよ？」

玲奈はメイクもアクセもネイルも完璧に決める、学校では派手な方の女の子だ。客観的に見て可愛いしスタイルもいいし、誰にでも声をかけられる明るさが魅力的だと思っている。

だけど、本当に申し訳ないけれど、俺にとっては特別な女の子じゃない。

「気持ちは嬉《うれ》しいけどさ、俺は玲奈とは友達の関係がいいんだよね。これからも長い付き合いでいたいじゃん？」

「そんなんじゃ諦めらんないよ！　じゃあさじゃあさ、一ヶ月だけでも付き合ってみようよ。隼があたしに夢中になるように、めっちゃ努力するし！」

決して自慢ではないが、女の子から告白された経験は今までに何度かある。だけどこんなに食い下がられるのは初めてで、俺は玲奈の押しの強さに圧倒されて少したじろいでしまった。

「そんな努力はしなくていいって。玲奈は可愛いんだからさ、これから先もっとカッコイイ男と付き合えるよ。俺に拘《こだわ》る必要はないよ」

「そういう愛がなくて自分に都合のいい模範解答は、たとえ大好きな隼の声でも聞きたくありませーん！……ねえ、いいでしょ……？」

強引な話し方から一転、甘い声で囁《ささや》かれながら手をそっと握られた。玲奈の本気と情熱が彼女の言動のすべてから伝わってくるようだ。

というか、何を言っても聞いてもらえないときはどうしたらいいのだろう。このまま玲奈の話に付き合っていたら、いつの間にか既成事実を作られてしまいそうな勢いだ。それは俺にとって不利益で不都合、とても困る事態である。

そうか、こんな大衆の目がある中であえて告白してきたのも策のうちか。付き合っている恋人同士が仲睦まじく昼食を共にしているように仕向けたのが表向きの策で、内実は俺を逃がさないようにするためだったのか。

真正面から手を握られていることもあり、さっきよりも注目されているのがわかる。っていうか俺、こんな風に女の子に手を握られるの初めてなんだけど？　今までに経験のない押しの強さと柔らかな手の感触に、ドキドキしてきてしまった。でも手を握られたくらいで動揺していたらヤリチンっぽくないよな？　平静を装《よそお》わなければ。

……いや、見栄《みえ》を張っている場合じゃない。ずっと片想《かたおも》いしている仲村《なかむら》さんの顔が思い浮かぶ。ちゃんと断らないと。

あっちに行ったりこっちに行ったりの、ぐちゃぐちゃな思考回路を経由して唇から咄嗟《とっさ》に出てきた言葉は、

「……じ、実は俺……彼女ができたんだよね。だから、玲奈とは付き合えないんだ」

見栄でもなんでもない、ただの嘘だった。

言い訳をさせてもらえるならば、手を握られて周りに誤解されている状況下で焦燥から頭の回転が鈍くなっていたことと、今までにない積極的なアプローチにどうすればいいのかわからず混乱したことが原因だ。

玲奈は胡乱《うろん》な目で俺を見つめていた。

「……隼《しゅん》に彼女？　いつから？　っていうか、相手は誰？」

「だ……黙っていてごめん。ちょっと事情があって隠してたんだけど、いつか皆には言う

つもりだったんだよ」

しどろもどろになっている俺の発言を、きっと玲奈は嘘《うそ》だと見抜いたのだろう。余裕《よゆう》綽々《しゃくしゃく》といった様子で、目を細めた。

「じゃあ今度、皆にその彼女を紹介してよ。じゃないとあたし、隼のこと諦めらんないよ」

ここで首を縦に振らないわけにはいかない。

「……わかった。近いうちに、紹介するよ」

ゆっくりと俺の手を離した玲奈は、「楽しみにしてる」と言って席を立った。

一人になった俺は大きく息を吐いて、眉間を揉《も》んだ。

見栄を張るのは日常茶飯事だけど、嘘を吐くのは初めてだ。

張りぼての仮面を被《かぶ》った生活を続けるならば、いつかこんな日が来ると予想していた。だけど考えないようにして問題を先送りにしてきた結果、玲奈に対してひどい嘘を吐くことになってしまった。

——何やってんだよ、俺。最低野郎じゃん。

玲奈に対する罪悪感と、自分自身への嫌悪《けんお》感。

それから、これから起こるであろういざこざを想像すると、強く胃が痛んだ。

☆

駅までの道を歩きながら、俺は悩んでいた。

今日は十八時からアルバイトがある。いつもだったら一度家に帰るかどこかで時間を潰しているのだが、今日の食堂での出来事がずんと俺の体を重くしていて、とても家まで帰る気力はなかった。

近くの店で何か飲みながら今後どうすればいいのか考えようと決めて顔を上げると、前方に二人の男女の姿を発見した。

普段だったら気にも留めないありふれた下校時の光景の一つだ。それなのに、俺が敏感にその二人を発見し注視した理由は二つある。

一つは、二人がとても仲のいいカップルとは思えなかったことだ。

というよりは、女の子がチャラそうな男に絡《から》まれて迷惑しているように見える。状況によっては助けに入る必要があるかもしれないという正義感が、無意識のうちに働いたのだと思う。

そしてもう一つが、その女の子が俺がずっと片想いを続けている仲村日和さんだったことだ。

仲村さんは一年生のときも今も別のクラスだけど、俺たちの学年どころか晴丘高校《はれおかこうこう》でその名前を知らない生徒はいないほどの有名人だ。

今の彼女に関する噂《うわさ》は、良いものと悪いものが明確に分かれている。

良い方の噂は、端的に言って顔が可愛いというものだ。

小顔ゆえに殊更《ことさら》に目立っているくりっとした大きな瞳。綺麗《きれい》すぎる顔立ちというよりは懐《なつ》っこい笑顔で人の心に入っていくタイプだ。両耳にはピアスが開いていて、彼女によく似合うと見る度に思っている。

いつも友人に囲まれていて、彼女自身も楽しそうに笑っていることが多い。今時の女子高生といった感じの女の子だ。

明るく可愛く、誰とでも楽しそうに話すため彼女に恋に落ちる男は数知れず。……まあ、俺もそのうちの一人なんだけど。だけど、俺が知る限りでは特定の彼氏がいるという話は聞いたことがなかった。

悪い方の噂は――彼女は自分が嫌じゃない男にはすぐに体を許してしまうヤリマンであり、経験人数は両手では数え切れないほどであるということだ。

最初に聞いたときは耳を疑った。初めて会ったときの地味な印象だった頃の彼女を思えば、とてもそんな女の子には見えなかったからだ。

だけど、華やかな容姿をして同じように派手な友達と一緒につるむ姿を見ていたら、説得力が出てきてしまった。俺のグループの女の子たちも、個人差はあるけれど大体は性に奔放なタイプだったからだ。

元々仲村さんは人懐っこく、人に好かれる魅力を備えていた。

高校入学と同時にイメチェンしたことにより、さらに「人に囲まれる」という要素が仲村さんに追加されたのなら、彼女が男と接する機会も彼女の魅力に気づく男も増えるのは必然であり、彼女もまた何事も経験から入るタイプなのだとしたら、そういう噂が生じてしまうのも当然だろう。

理屈は理解できていたのに、その噂は俺の行動力に少なからず影響を及ぼした。

高校入試の日。初対面でこんなに話が合って惹《ひ》かれるなんて、運命の出会いだったのかも……なんて、浮かれていたけれど。仲村さんにとっては困っている人を助けるなんて当然の行為で、誰とでもフランクに話せる彼女にとって、俺とのやり取りなんてなんでもないものだったのかもしれない。

すっかり肩を落としてしまった俺はこの一年間、彼女に近づくための行動を起こせなかった。

それに、俺の噂だってどんな風に耳に入っているのかわからない。告白したところであっさり振られてしまうことを想像したら、ますます動けなくなっていた。

気持ちをいつか伝えたいと思いながら、行動できない言い訳を並べて一年以上が経《た》っているなんて、自分の臆病さが情けない。

……いや、今は反省している場合じゃない。あの二人の様子を窺《うかが》わなければ。

仲村さんと歩いている男は三年生だ。男は薄っぺらい笑みを顔に貼り付けたまま、仲村さんに付きまとっている。仲村さんは明らかに困っているように見えるけど、どんな状況なのかはっきりとはわからない。

不自然にならないように二人と距離を詰め、会話に耳をそばだてる。

「毎日告るくらい仲村ちゃんのこと好きなんだよ、俺。だからさー、一回くらい俺と付き合ってみない？　仲村ちゃんを超大事にする自信あるよ？」

「何度も言ってますけど、本当に困ります。私、先輩とは付き合うつもりはありません」

「そっかそっか。皆最初はそう言うんだよ。でもいいじゃん？　ね？　絶対楽しませてあげるからさあ」

明確な拒絶の意思を告げているのにもかかわらず、男は全然聞く耳を持っていない。シチュエーションさえ違えば鋼のメンタルに拍手を送ることもあるかもしれないが、今はただだ仲村さんに同情するだけだ。最悪な付きまとわれ方に疲れてウンザリしているのか、仲村さんは無表情の中に辛《つら》そうな影を落とした。

もし俺が女の子だったら、何を言っても引き下がってくれない年上の押しの強い男にしつこく付きまとわれたら、迷惑どころか恐怖すら覚えるだろう。

だったら、放っておけるはずもない。

「日和《ひより》ー！　一緒に帰ろ！」

努めて明るい声で、極力親しげな空気を出しながら笑顔で彼女の肩を叩《たた》いた。驚いて目を丸くする仲村さんに心の中で謝ってから、男に無邪気に問いかける。

「あ、先輩、こんちはっす。俺の彼女に何かご用ですか？」

仲村さんがどんな反応を見せているのか、怖くて様子を窺うことはできない。その分男から目を逸《そ》らさずに物腰柔らかな威嚇をすると、男はヘラヘラしていたものの少なからず動揺しているようだった。

「鏑木《かぶらぎ》隼じゃん。え、仲村ちゃんとお前、付き合ってんの？」

「まあ、そんなとこです。だから俺のいないところでちょっかいかけられると、彼氏としてはやっぱ嫌なんですよね」

ここで引いてくれたらいいけれど、逆上されて殴られたりするかもしれないと思って覚悟を決めていると、

「へー……学校でも有名なヤリチンとヤリマンがくっついたなんて、ウケるな？　3Pしたくなったらぜひ俺に声かけてくれよ。よろしくなー」

俺はともかく、女の子の前で品のない単語を吐いて去ろうとするのは許せない。男を引き止めようとしたものの、仲村さんは俺の手を掴《つか》んでかぶりを振った。

胸に靄《もや》は残るものの、彼女の意向を尊重して男を追いかけはしなかった。男の姿が見えなくなってから仲村さんは息を吐いた。

「助けてくれてありがとう。……私はああいうこと言われるの、慣れてるから平気だよ。それより、巻き込んじゃってごめんね鏑木くん」

明るい声色で話してはいるけれど、少し悲しそうな笑顔はとても平気そうには見えなかった。だけどこれが彼女が張りたい「見栄」なのだとしたら、今ここで俺が下手に彼女を案じるのは憚《はばか》られた。

「仲村《なかむら》さんと話すの久しぶりだ。俺は何もしてないよ。っていうか、勝手に付き合ってる

とか言っちゃってごめん。……もしかして今、実際に彼氏いる？　迷惑かけちゃった？」

「ううん、別にいないから気にしないで？　私の方こそ、変な噂が広がって鏑木くんに迷惑かけちゃったらごめんね。鏑木くんを好きな女の子ってたくさんいるだろうし」

勢いで彼氏の存在を聞いてしまったが、いないという言葉に安堵《あんど》した。

「俺のことはいいよ。それより……仲村さんは大丈夫？　先輩の感じだと、これが初めてじゃないよね？　結構しんどい思いをしているんじゃない？」

仲村さんにとっては男に声をかけられることも男と話すことも慣れっこだとは思うけれど、さっきの男は仲村さんが本気で嫌がっていても、彼女の気持ちなんてまるで察することなく自分の気持ちばかりを押しつけていた。捨て台詞《ぜりふ》の最低さからも、自分勝手な人柄が垣間見《かいまみ》える。現に、仲村さんに毎日告白していると言っていた。彼女が抱えているストレスは想像に難《かた》くない。

俺の問いかけに対して、仲村さんは苦笑いを浮かべた。

「……うん。あの先輩、嫌だって言ってるのに毎日しつこくて……正直、超ウンザリしてるんだよね。……私の噂を聞いて、押せば一回くらいイケるとか思われてるのかな……また来たらヤダなー……」

嫌じゃない男にはすぐに体を許してしまう、ヤリマン。

仲村さんに関する噂は、他クラスの俺の耳にも届いている。ゆえに、彼女自身が耳にしてしまうのも当然かもしれない。

俺が好きになった子はもっと楽しそうに笑うはずなのに、今日仲村さんが俺に見せる笑顔は悲しそうだったり、辛そうなものばかりだ。

拳を握り締め、背筋を伸ばした。

そう、これは困っている人を放っておけない俺のちっぽけな正義感であり、恋心をひた隠しにできなかった俺の偽善でもある。

彼女の目を見つめた。きょとんとした表情も可愛いなんて思う余裕すらないくらい、俺は緊張している。息を吸って、覚悟を決めた。

「……じゃあ、さ。俺たち、本当に付き合っちゃおうか。あの人、俺が彼氏って言ったら結構すぐ引いたし。仲村さんがフリーだってバレたら、またグイグイ来るだろうし」

勇気を振り絞ってもこんな軽い感じでしか気持ちを伝えられなかったのは、偏《ひとえ》に俺の弱さと脆《もろ》さが原因だ。

真面目に告白して、あっさり振られてしまうのが怖い。鏑木隼が抱かれているイメージと違うと言われてしまうのが怖い。

そんなくだらない理由から生じた本気度が窺えない告白を受けた仲村さんは、目を瞬《しばたた》かせていた。そりゃ驚くよな。っていうか、「親切にしてくれたのは結局下心からなの？」と思われるんじゃないか？

やばい。今の俺、めちゃくちゃダサい。どうしようと後悔しながら何を言えばいいのか混乱していると、

「ありがと。じゃあ、彼女になってもいい？」

予想もしていなかった返答に、俺はフリーズしてしまった。

仲村さんは俺のあんな告白をあっさりと受け入れてくれたのだ。

……マジ？　こんな形で俺の片想《かたおも》いが、本当に実っちゃっていいの？

内心ではガッツポーズを決めて喜びに踊り狂う俺だったが、仲村さんの前でそんな童貞みたいな真似《まね》はできない。あくまでクールに、さらっと「いいよ。よろしくね」なんて答えてみる。

そうだ、気をつけよう。仲村さんは今までいろんな男と付き合ってきたんだ。彼女の一挙手一投足にいちいちはしゃいでいたら、引かれてしまうかもしれない。

ちょっとやそっとの喜びでいちいち反応しないように、心に防御の盾を構える。

「じゃあ今日から私と鏑木くんは、恋人同士だね。……鏑木くんだとちょっと、他人行儀かも。しゅ……隼《しゅん》くんって呼んでもいい？」

俺の盾なんて簡単に貫通してきた彼女の攻撃が、危うく致命傷になるところだった。

「も、もちろんいいよ。俺も日和ちゃんって呼ぶね。えーっと……と、とりあえず……れ、連絡先交換しよっか？」

めっちゃどもってしまった。恥ずかしい。自分の口から出て耳に届いた「日和ちゃん」という響きがくすぐったかったけれど、距離が縮んだ気がして頬が緩んだ。

「う、うん。そうだね。……あはは、私たち、お互い合格したら連絡先交換しようって言って、一年以上経っちゃったんだね。や、やっとだね」

入試の日に話した内容を覚えていてくれただけで、俺は感動してしまった。緊張と興奮から震える指先をなんとか隠しながらスマホを取り出し、連絡先を交換してから駅まで一緒に帰った。

「久々に話したけれど……困っている女の子を助けるために彼氏になってくれるなんて、隼くんって相変わらず優しいんだね」

相変わらず。たったこれだけの単語で、舞い上がりそうになる俺は本当にコスパがいい。

……いや、絶対使い方間違えてるけどさ。

「誰にでもこんなこと言うはずないって。日和ちゃんだったからだよ」

まだ言い慣れない呼び方に一人で照れていると、日和ちゃんは俺の顔を覗《のぞ》き込むようにして白い歯を見せた。

「今の、チャラいのにキュンとしちゃったー。これがモテ男の技かあ」

「わ、技とかじゃないって。本心だよ」

「あはは、そう？　これから私、隼くんに毎日ドキドキさせられる羽目になりそう。心臓持つかなあ？」

可愛い笑顔を見られたのは嬉《うれ》しいけれど、チャラいだのモテ男だの言われるなんて……

やはり俺が持つヤリチンという噂《うわさ》も、彼女の耳に届いているらしい。

「いやいや、買い被《かぶ》りすぎだって。日和ちゃんにとってイイ彼氏になれるよう頑張るつもりではあるけどさ」

「えー？　私、経験豊富そうな隼くんに付いていけるか不安だもん。いろんなこと教えてね？」

男として、彼氏としての働きを大いに期待されている。

緊張とプレッシャーで、背中に変な冷や汗が浮かんできた。

「任せて。でも俺の方こそ、いろいろ詳しそうな日和ちゃんを満足させられるかドキドキしてるよ。まあ、日和《ひより》ちゃんといたら楽しい毎日になるのは間違いないと思ってるけどね」

それでも、内心の怯《おび》えなんて絶対に顔に出さない。余裕を持った態度で接することこそ、日和ちゃんが俺に求めている対応だろうから。

「ありがと。私も、これからの毎日がすごく楽しみ！」

そう言ってくれた彼女の柔らかな微笑《ほほえ》みを見て、やはり俺の対応は間違ってなかったと確信する。こんな見栄《みえ》っぱりな会話を日和ちゃんと交わすことになるなんて、彼女と初めて会ったあの日の俺は想像もしていなかった。

「こうやって一緒に帰るのっていいよね。顔見ながら二人っきりで話ができるし」

「そうだね。……じゃあ、これからはできるだけ一緒に帰ろうか？」

日和ちゃんは丸い瞳を輝かせた。

「ほんと？　嬉しい！　……あー、もう駅に着いちゃった。早いなあ」

「また明日も会えるよ。今日からよろしくね、日和ちゃん」

「うん！　よろしくね隼くん。また明日ね！　バイバイ！」

手を振りながら電車に乗り込む日和ちゃんを見送ってから、反対側のホームに向かって歩き出す。

正直なところ、緊張と興奮で道中何を話したのか大半は覚えていない。学校の話だとか、今ハマっている漫画の話だとか、本当にたわいのないことだったと思う。

だけどこんななんでもない会話が、これから俺の日常の一部に組み込まれていくのだと思うと信じられないほどに幸せな気持ちになった。

これが恋人ってやつか。雅久斗《がくと》や友人たちは皆、こんな気持ちを経験してきたのか。

そう思ったら「恋愛ってすげえ！」だなんて、人に聞かれたら恥ずかしい言葉を叫び出したくなった。

日和ちゃんと別れてからバイト先へ向かう足取りは軽やかだったが、彼女と話をしながら固めた決意を体細胞に言い聞かせるように空を仰いだ。

日和ちゃんは可愛い。とても可愛い。

だから今までいろんなタイプの男と交際をしてきたはずで、恋愛に慣れていると思う。

今回俺の告白を受け入れてくれたのは、おそらく俺がヤリチンの噂がある鏑木隼だからだと推測する。もし俺の告白が真剣すぎたなら、彼女は「男除《よ》けで付き合うには重い」と思っただろうし、童貞感丸出しの男だったなら「なんかつまんなそう」と断られていたかもしれない。

要するに、だ。彼女と付き合う男としての最低条件は、

——俺が童貞だとバレてはいけない。

これに尽きるだろう。……大丈夫。不本意ではあるものの、クラスメイトや友人にもヤリチンと思われている俺だ。「彼女」になった女の子相手にも、上手《うま》くやれるはずだ。

四月二十七日。この日は初彼女ができた記念日であると同時に、鏑木《かぶらぎ》隼として皆に抱かれているヤリチンのイメージを崩さないよう、今まで以上に意識して見栄を張らなければと決心した日になった。

——初体験まで、あと八十七日——

【仲村日和の四月二十七日】

もしかしたら私は、仲村《なかむら》日和という人生において一生分の幸運を使い果たしてしまったかもしれない。そう思えてしまうほどに、夢みたいな一日だった。

ベッドの上で寝そべりながら、隼くんの声や顔を思い出しては幸せで息が漏れる。

私は高校入試の日からずっと、鏑木隼くんに片想いをしてきた。

きっかけは単純で明快。受験当日、私は晴丘高校《はれおかこうこう》に向かう電車の中で、後ろに立つ男の人から嫌な雰囲気を察していた。自意識過剰だと思い込もうとしたけれど、ニュースで「入試日や文化祭の日など、遅刻のできない日を痴漢は狙ってくる」という知識が私を余計に怖がらせていた。

電車はとても混んでいたけれど、それにしたって男の人との距離が近い気がする。どうしよう、気持ち悪い。でも触られたわけでもないし、何か言って逆上されたら怖い。

旋毛《つむじ》にかかる鼻息に体を強張《こわば》らせていると、

「良かったら座ってください」

私の前に座っていた学生服の男の子がさっと立って、突然の申し出に狼狽《うろた》える私をスマートに座らせてくれた。……ひょっとして、私が困っていることに気づいてくれたのかもしれない。朝から気分は最悪だったけれど、彼のおかげで胸が少しだけ温かくなった。

彼は私と同じ駅で降りた。もしかして彼も晴高《はれこう》を受験するのかなと淡い期待に胸を弾ませていると、さっき私の後ろにいた男の人が体当たりに近い強さで、彼にぶつかっていった。

その衝撃で彼は転ばされ、かけていた眼鏡がホームに放り出されてしまった。そのときタイミング悪く、電車から降りてきた乗客が眼鏡を踏んでしまい、ツルの部分がパッキリ折れてしまったのだった。

走って逃げようとした男の人は多くの目撃者の協力もありすぐに捕まって駅員さんに連行されたし、眼鏡を踏んでしまったおばさまは平謝りで弁償を申し出ていたものの、壊れた眼鏡がその場で直るわけではない。

被害者である彼と駅員さんの会話を聞いて、やっぱり彼は晴高の受験生だとわかった。

「でも、視界がぼんやりしているなら、受験会場まで行くのは無理だろう。親御さんが来るのを待った方がいい」

「でも、それだと時間に間に合わないので……」

「あの！　わ、私！　彼と同じ高校を受験するので、彼を連れて行きます！」

助けてもらったくせに、これ以上傍観者ではいられなかった。

「た、助けてくれて本当にありがとう。今、すごく不安かもしれないけれど、私がついてるからね。私から離れないでね！」

彼の不安を少しでも和らげてあげたかったゆえの発言だったけれど、今思い出しても結構過激なことを言ったものだと恥ずかしくなってくる。

「……ありがとう。本当に、助かる」

彼が安堵《あんど》したように微笑んで、目を見てお礼を告げてくれたときドキッとした。地味な印象を抱いていた彼はよく見ると、とても整った顔をしていたのだ。

男の子は鏑木隼と名乗った。その日、隼くんと行動を共にした私は、笑えるくらいあっという間に恋に落ちた。

私が惚《ほ》れっぽいからじゃない。話していてこんなに幸せな気持ちになれる男の子に会ったのは、生まれて初めてだったのだ。

三分の一は罪悪感から、三分の一は感謝から、そして残りの三分の一は、悟られてはいけない好意から彼と接した。今思えば、あんな浮かれた状態でよく入試に挑めたものだ。いや、逆に恋する力というやつだったのだろうか。

入試が終わったその日から、私は自分磨きに励んだ。

今観《み》ているドラマの話をしていたときに、彼は華やかな感じの女の子のことを可愛いと言っていたから、今のままの私じゃ彼の恋愛対象になれないと思って、乙女心を燃え上がらせながら可愛いって言ってもらうために頑張った。

そしてやってきた入学式当日、私は久しぶりに会う隼《しゅん》くんを見て目を丸くした。

元々整った顔をしていたけれど、なんていうか、隼くんはとても垢抜《あかぬ》けていたのだ。

背が高くて輪郭も体型もシュッとしていて、肌がとても綺麗《きれい》で、はっきりとした目鼻立ちはバランスが良くて、笑った顔が可愛い。眉毛も綺麗に整えてあって、癖のある短髪をお洒落《しゃれ》に遊ばせていた。

なんだかとても煌《きら》びやかというか、世間一般がイメージする「イケメン」になっていた。

隼くんには目で追ってしまう魅力があった。そしてそう思っているのは当然私だけではなく、すぐに先輩や同級生たちも彼に注目し始めた。

「今年の一年にイケメンが入学してきたんだってさ」

「四組の鏑木くんって、めっちゃ良くない？」

隼くんに対する好意的な評判は爆発的に広まっていき、入学して一ヶ月も経《た》つ頃には、隼くんは晴高でその名前を知らない人がいないくらいのモテ男になっていた。

特定の彼女は作らないまま、女の子と関係を持つヤリチンだって噂《うわさ》もあるけれど……あれだけモテるのだから仕方がないのかもしれない。

いろんな女の子と仲良さそうに話す隼くんを見て、私は恥ずかしくなった。隼くんにとっては女の子と楽しく話すなんて特別なことでもなんでもなくて、人に優しくすることなんて息をするみたいに無意識にできる行為なのだと、知ってしまったからだ。

……運命の出会いだって浮かれていたけれど、私の思い上がりだったんだろうな。

晴れて同じ高校に合格したことだし、この片想《かたおも》いを実らせるために早くから行動を開始すれば良かったのに、落ち込んだ私は隼くんへのアプローチを躊躇《ちゅうちょ》してしまった。

グループ同士ですら接点がないこともあって、この一年間、私は隼くんに連絡先の一つも聞くことができないまま、彼を遠巻きに見ているだけだった。

だけど一年を通して隼くんを見続けて——私は、彼に対して抱いているこの恋心は決して消えることはないと再確認する結論に至った。

隼くんの、誰に対しても明るく平等に接しているところ。

皆がやりたがらない先生の手伝いを、文句を言いながらも引き受けているところ。

お節介にならないように気をつけながら、困っている人がいたらそっと手を差し伸べているところ。

優しくて、人のために行動することのできる温かい人だってことを、入試の日に痴漢から助けてくれたときから私は知っている。

そして今日も、私は彼に助けられた。ずっと焦がれていた彼からの優しさに直《じか》に触れて、胸の中から込み上げてくる感情を抑え込むのに必死だった。

「……あんな男の子、好きにならない理由がないよ……」

想いが零《こぼ》れて呟いた。そんな彼が、今日、私にこ、告白……？　ほ……本当に……？

枕元に置いたスマホが震えてビクッとした。もしかしてと思って緊張しながら見てみると、バイトが終わった隼くんから『今日からよろしくね』というメッセージが届いていた。

現実だった。改めて思う。夢みたい。あんな素敵な人が私の彼氏になったなんて、凄《すご》いことだ。

緩みまくる頬が堪《こら》えられずに、うつ伏せで枕に顔を埋《うず》めて足をバタバタさせる。

いや、でも油断や慢心は禁物だ。彼女になれたからといって、それで終わりじゃない。

彼氏はあの学校一のモテ男、鏑木隼なのだ。可愛くない態度を取ってしまったり、気に障《さわ》ることをしてしまったら、私なんてすぐに振られてしまうだろう。

溜息《ためいき》を一つ零した。それより何より、私が最も懸念《けねん》していることがある。

『任せて。でも俺の方こそ、いろいろ詳しそうな日和《ひより》ちゃんを満足させられるかドキドキしてるよ。まあ、日和ちゃんといたら楽しい毎日になるのは間違いないと思ってるけどね』

一緒に帰りながら隼くんが口にしていた、あの言葉。

隼くんは私に「いろいろ詳しそう」な印象を抱いていて、「楽しい毎日になる」と微笑《ほほえ》んだ。つまり私に、経験豊富な女としての言動を期待しているのだと思う。

……あれだけモテて、ヤリチンの噂のある隼くんはエッチなんて百戦錬磨だろうし、絶対テクニシャンに違いない。

だからこそ、エッチする女の子にもテクニックを求めるはずだ。隼くんは優しいから口にはしないだろうけれど、しょ……処女なんて面倒だから嫌だと思うに違いない。

だから、学校ではヤリマンの噂がある私が実は、

——絶対に、処女だって知られるわけにはいかない。

そう固く決意した私は、少しでも余裕のある女の子だと思われるために、友人たちが交

わしていたエッチな話やネットで得た知識を総動員して、早速シミュレーションを開始した。

……相手が隼くんだと想像すると、体が熱を帯びてまともに頭が働かなかった。

第二話　ブラホックを巡る心理戦

【鏑木隼の四月二十八日】

二年二組の前の廊下で、俺は彼女となった日和ちゃんを待っていた。

姿の見えた日和ちゃんと目が合うと、彼女は喜色満面で手を振りながら俺の元へ駆け寄ってきた。廊下は走っちゃ駄目だよなんて野暮なことは言わない。可愛すぎる。

「隼くん！　来たよー！」

「ありがと。じゃあ、行こっか」

昼休みが終わる十分前。前日の打ち合わせ通り日和ちゃんに教室の前まで来てもらった俺は、昼食を終えたグループの皆がだらだらと駄弁《だべ》っているところに彼女を連れて行った。

教室に入ったときからすでに注目を浴びていた彼女は、俺が今からする「宣言」の内容を知っているから少し緊張気味だ。

「皆、ちょっと聞いてほしい。知っていると思うけど、この子は仲村《なかむら》日和さん。で……俺たち、付き合うことになったから。よろしくな」

俺の交際宣言はグループ内の友人だけでなく、クラスにいた全員が聞いていたようだ。あちこちがざわめき、友人たちは驚きの声を上げた。

「マジ⁉　おめでとう！」

「ついに隼が彼女を作ったか！」

男友達の数人は、興奮気味に大きな声を出しながら大袈裟《おおげさ》に拍手をしたりして、大いに盛り上がっていた。

「っていうか、お前たちがくっつくとはな！　セフレならともかく、ありそうでない組み合わせだったわ！」

「うるせー、俺たちは超ピュアだからな？　まだ手も繋《つな》いでないんだからな？」

事実を言っただけなのに、皆は冗談だと思ったらしく笑いが起こった。

「でもぉ、めっちゃ眼福じゃない？　二人並んでるとマジで美男美女！」

「今度さ、日和ちゃんも一緒に遊びに行こうよ。バイトとかしてる？」

女友達二人が日和ちゃんを好意的に受け入れようとしてくれた。日和ちゃんが嬉《うれ》しそうに話しているのを見て、俺の目尻は自然と下がっていた。

その後はいつ二人は付き合うようになったのかとか、どっちから告白したのかなどよくある質問が飛び交い、俺たちは詳細は二人だけの秘密にしたいからとか言って濁しつつも、告白は俺からだということは正直に伝えた。それを言ったときは場が沸いて、俺と日和ちゃんは顔を見合わせてはにかんだ。

話は弾んだが、あっという間に昼休み終了二分前になった。名残惜しいが、日和ちゃんは自分のクラスに戻る時間だ。

「これからクラスに顔を出すことも多くなると思うし、隼くんの友達と仲良くなれたら嬉しいな。これからどうぞ、よろしくお願いします」

そう言って一礼して、日和ちゃんは囃《はや》し立てられながら教室を去って行った。

「仲村ってもっと遊び慣れてる感があるのかと思ってたけど、普通の子じゃね？　なんかいいわあ」

「おい。人の彼女に手を出すなよ？」

「冗談だって。また後でじっくり話聞かせろよー」

チャイムが鳴り、友人たちはそれぞれ自席に戻って行った。日和ちゃんを紹介したときの彼らの反応は、好意的なものだったと思う。

素振りは見せないように努めていたものの、俺は皆の前で交際宣言をすることに緊張していた。だけど自分の好きな人との交際をこうして友達に祝福してもらえることは、とても幸せなことなのだなと初めて知った。

——ただ、祝福してくれたのは全員ではなかった。

俺の前の席に座る玲奈《れな》が、暗い顔をしながら振り向いた。

「……本当に彼女いたんだ。それも、仲村さん……」

「ご、ごめんな。皆にはもっと早く報告すべきだったたって反省してるよ」

最初に話したときは嘘《うそ》だったたゆえに、大きな罪悪感が湧いてくる。やはり、全部正直に説明するのが誠実だよなと思い、嘘を吐《つ》いてしまったことを謝罪しようと口を開こうとした瞬間、玲奈は人差し指を俺の唇の前に立てた。

「……何も言わなくていいよ。……彼女のこと、大事にするんだぞ！　上手《うま》くいかないみたいだったら、すぐに押し倒すかんね！」

そう言って前を向いてしまった玲奈の表情を窺《うかが》い知ることはできないけれど、確信を持ってわかっていることはある。

園田《そのだ》玲奈は、とてもいい子なのだ。

☆

放課後になった。今日は日和ちゃんと一緒に帰る予定だが、運悪く彼女が担任に手伝いを頼まれてしまったため俺は教室で待機していた。

彼女のことを待つ時間というのは胸が躍るというか、悪くない時間だ。

それに、手持ち無沙汰というわけでもない。待ち時間に俺の話し相手を買って出てくれた雅久斗《がくと》が俺たちの交際までの経緯を聞きたがったため、こいつだけは俺が童貞であることも彼女に片想《かたおも》いをしていたことも知っていた手前、正直に洗いざらい説明した。

俺の話を聞き終わった雅久斗は、大きな息を吐いて何度も頷《うなず》いていた。

「はー……そういう経緯で隼《しゅん》と仲村はくっついたわけか……いや、マジかよ。思い切ったなー！　そんであっさり片想いを実らせるなんて……お前、前世でよっぽどいいことしたんだろうな。世界滅亡の危機から世界を救ったとか？　悲恋まっしぐらの人魚姫にアプローチかけて幸せにしたとか？」

「だとしたら前世の俺に超感謝しないとな。俺さ、実は今も日和ちゃんが彼女になったなんて信じられないくらいなんだ。夢の中にいるんじゃないかって、何度もほっぺた抓《つね》ったから赤くなってるだろ？　ほら」

右頬を指差すと、雅久斗は白い歯を見せた。

「ったく、惚気《のろけ》んじゃねーよ。……で？　もうヤッた？」

「お前の頭の中はそればっかだな⁉　ヤるわけないだろ！　昨日付き合い始めたばかりだってのに！」

「おいおい、ヤリチンの噂《うわさ》が泣くぞ？　別に付き合ってなくてもセックスはできる。むしろ付き合う前にしておくのも相性確認には効果的だ」

雅久斗に言われて反論の言葉をグッと呑《の》み込んだ。セックスは付き合ってからじゃないと駄目だなんて、今の発想は童貞っぽかったか？　古臭かったか？

日和ちゃんの前で言わなくて良かった。早くも俺が童貞だってバレたかもしれないし。

「今日はこの後、早速デートすんだろ？」

デート。でえと。……デート！

雅久斗の口から零《こぼ》れた単語にニヤけそうになる。なんて甘美な響きだろうか。

「まあ……カラオケでも行こうかって言ってるけど」

「……ゴム、いるか？」

「いらんわ！　カラオケ店の人に迷惑をかけるような真似《まね》はしねえよ！　俺はちゃんと時と場所とシチュエーションを考えて初体験するって決めてんの！」

雅久斗の前では童貞全開でいいや。純粋かつ常識人の夢物語を垂れ流して、友人としてこの真のヤリチンの心根を正していこうじゃないか。

ケラケラと笑った後、雅久斗は急に照れ臭そうに頭を掻《か》いた。

「冗談だよ。隼はイイ奴《やつ》だから、こんな風に報われてくれてオレは嬉しいんだよ。おめでとう、隼。何かあったら話してくれよ。相談に乗るから」

「……サンキュ。女の子と付き合うなんて初めてだからさ、百戦錬磨の先輩に教えてもらうことも多いかもしれない。そのときは頼りにしてるよ」

ヤリチンだしすぐ人のこと茶化してくる奴だけど、雅久斗は情に厚く頼れる男なのだ。女の子のことを熟知している男が相談に乗ってくれるなんて、とても心強い。

「ああ、任せろ。……まず、女の子がその日エッチOKなのかどうかは、ムダ毛の処理を見ればわかるとされていて……」

「そっちじゃねえ！　いやそっちもだけど！　でも今の流れは違う！」

前言撤回だ。常に脳内がピンク色の雅久斗に突っ込んでいると、机の上に置いていたスマホが震えた。

『終わったよー』

日和《ひより》ちゃんからのメッセージを確認した。

「じゃあ、迎えに行ってくる。また明日な」

「おう。初デート楽しんでこいよ」

　雅久斗と別れてから日和ちゃんのいる五組まで迎えに行くと、まだ教室に残っていた生徒たちの視線が俺に集まった。「マジで付き合い始めたんだ」という驚愕《きょうがく》の声や、「なんでよりによってあのヤリチン野郎と……」という怨嗟《えんさ》の声まで耳に入ってくる。

　日和ちゃんは可愛いから、彼女に想いを寄せていた男は多かったと思う。ショックを与えてしまったかもしれないけれど、俺だってずっと彼女のことが好きだったんだ。幸せにするから認めてくれと心の中で頭を下げた。

　俺を見つけた日和ちゃんは、笑顔を向けて手招きをしてくれた。彼女の周りにいる三人の女の子は、興味津々《きょうみしんしん》といった様子で俺を見ている。

「隼くん、私の友達を紹介させて！　この子が咲《さき》でー、この子が愛花《あいか》、そんでこの子が蘭《らん》ちゃん！」

　紹介されなくとも全員の顔と名前を知っている。日和ちゃんを含めたこの四人は、晴丘《はれおか》高校《こうこう》ではとりわけ有名な美女軍団だからだ。

「鏑木《かぶらぎ》隼です。よろしくね」

「知ってるー。近くで見るとマジイケメンだね。それにヤリチンオーラ出てるー！」

出てるはずがないんですけど？　と内心で苦笑しながら、一人ひとりと軽い挨拶を交わした。皆見た目が華やかで、ノリがいい。まさに陽キャって感じだ。

愛花さんは過去に俺のグループの女友達と男関係で揉《も》めたことがあるから、嫌な顔をされるかもしれないと懸念《けねん》したけれどフランクに接してくれている。昼に日和ちゃんを俺の女友達に紹介したときも歓迎してもらえたし、当人たちのいざこざを切り離して友人の恋路を全力で祝福してくれる彼女たちは、その辺の男より男前だなと思う。

「オーラ出ちゃってる？　おかしいな、日和ちゃんと付き合えたことだし、昨日の夜そいつは山奥へ捨ててきたはずなんだけど」

「ほんとにー？　確認してやろーっと」

愛花さんと蘭さんがニヤニヤしながら俺に近づいて触ってきたり、観察したり匂いを嗅いだりしてきた。……二十秒前に初めて話した子たちなんだけど。距離感おかしいだろ。

「もー、二人とも駄目！　隼くんが困ってるでしょ！」

日和ちゃんが俺と彼女たちの間に入って止めようとしてくれたものの、そんな日和ちゃんを見て二人とも楽しそうにしていた。きっと普段から弄《いじ》られているのだろうな。

「ヤリチンはこれくらいなんとも思わないよお。ねー、鏑木くん？」

「うーん、日和ちゃんを怒らせるのは困るかな。俺、彼女が一番大切だしさ」

二人にとっては冗談の延長線かもしれないけれど、陽キャっぽく会話に乗るよりも日和ちゃんの気持ちに寄り添いたいと思った。日和ちゃんの隣へ移動すると、嬉《うれ》しそうに俺を見上げて微笑《ほほえ》んでくれた。

「惚気かよー。まあでも、彼女が一番大切って断言すんのはカッコイイわ」

「それにイケメンが言うと効果倍増じゃね？」

愛花さんと蘭さんは二人で声を上げて笑っていた。ノリに付いていくのがちょっと大変だけど日和ちゃんの友達だし、仲良くしていけたらいいな。

そう思っていた矢先、

「ねえ、鏑木くん。日和はさー、こう見えて結構ピュアだから。遊びならやめておいてね？　もしヤリ捨てたら、あたしが鏑木くんのアレ切っちゃうから」

突然の物騒な言葉にヒュンとなった。恐ろしいことを口にしたのは、これまでの俺たちのやり取りを静かに見ていた加賀谷《かがや》咲さんだ。

小柄で華奢《きゃしゃ》な人で、日和ちゃんと一緒にいるところを一番よく見るから二人は本当に仲がいいのだろう。

冗談めかしているようで、目は俺から逸《そ》らそうとしない。その言葉が嘘ではないと思わせる気迫があった。

だけど俺が怯《ひる》むことはない。ヤリ捨てするなんて発想もそんな予定も、俺の中に微塵《みじん》もないものだからだ。

「咲さんは友達想いなんだね。でも、そんな心配はいらないよ。俺は日和ちゃんのこと超大事にするつもりだから」

だから脅しなんて必要ない。日和ちゃんの大事な友達にそれをわかってほしくて飾らない言葉で真面目に伝えると、咲さんは友人たちと顔を見合わせてふっと笑った。

「イケメンは言うことが違うねー。良かったね、日和。イイ彼氏じゃん」

そう言って日和ちゃんの頬をつつくと、彼女はその頬を朱色に染めて照れ臭そうにしながらも嬉しそうにしていた。

☆

学校を出た俺と日和ちゃんは、駅近のカラオケ店に移動した。

このカラオケ店にはよく来るけれど、交際する彼女と二人きりで来るのは初めてだ。通された部屋自体が狭く、日和ちゃんとの距離感を意識して変に緊張してしまう。

「何度も来てるけど、この部屋に通されたのは初めてかも。ドリンクバー近くていいね」

カルピスソーダを片手に部屋に入った日和ちゃんは、奥のシートに腰掛けた。こういうとき、彼女の隣に座るのが正解なのか、斜め前の別シートに座るのが正解なのか、デートの経験がないうえに舞い上がっている俺にはわからなかった。

困惑を顔に出さないようにできるだけ自然を装《よそお》って隣に座ると、

「あ、なんか恋人って感じだね」

日和ちゃんはそう言って笑った。……え、これは正解？　それとも、がっついてるように見えて引かれたってこと？

いや、落ち着け。永遠に答え合わせのできない問題を引きずっていては、うっかり俺が童貞だとバレる言動をしてしまいかねない。

それに何より、日和ちゃんとの初デートは楽しみたい。

気持ちを切り替えて、デンモクを手に取った。

「日和ちゃんは何歌う？」

「どうしよっかなー。隼《しゅん》くんはいつも何歌うの？」

隣に座ったくせに今気づいた。小首を傾《かし》げる日和ちゃんの顔が想像以上に近くて、ドキドキしてしまう。

「み、皆と行くときは無難に流行《はや》りの曲だけど、本当はゴリゴリのヘビメタとか絶対に歌えないラップとか入れたい」

「ラップ⁉ めっちゃ聞いてみたい！」

日和ちゃんはニコニコしながら手のひらを下にしてちょこまかと動かした。……どうやらラッパーを表現しているつもりらしいけど、彼女があんまり詳しくないことはわかった。

何気ない会話を交わしながら「この子が俺の彼女なのか」と幸せを噛《か》み締める。顔が可愛い。声が可愛い。ちょっとした仕草が可愛い。俺、本当にこの子のことが好きなんだな。

「じゃあ、私から歌っちゃおうかな。せっかくだから照明少し暗くしていい？」

「うん、いいよ。あ、俺のが近いからやっちゃうね」

暗くなった部屋はそれだけで密室に二人きりという意識を再度呼び起こした。おかしな気持ちになりそうな童貞を笑い飛ばすように、日和ちゃんは元気いっぱいにマイクを持って手を上げた。

「それじゃ、トップバッターいきます！」

日和ちゃんの選曲は、昨年から人気急上昇中の女性アーティストのデビュー曲だ。キーが高いし転調も多いし、難しいんじゃないか……と思っていたら案の定、音程もリズムも外しまくっていた。

だが俺は全然気にならない。むしろ、歌える曲より好きな曲を選んで歌ってくれたことが嬉しかった。

「いえーい！」

楽しそうにハイタッチのポーズを構える日和ちゃんに、手のひらをぶつけた。さて、次は俺だ。予約していた曲のイントロが流れると、日和ちゃんの瞳がキラリと輝いた。

「あー！　この曲、私でも知ってるー！」

ヒップホップグループの業界内では、わりと人気のある曲だ。クラスの打ち上げとか女の子も含めて皆で遊びに行くときは、必ず盛り上がるような知名度の高い無難な曲を選んでしまいがちな俺だけど、今は彼女と二人だけの状況だ。いつもは張り続けている見栄《みえ》を、少しだけ緩めてもいいんじゃないかと思ったのだ。

世の中の恋人たちって、こうやって仲を深めたり二人だけの空気感を作っていくのかな。なんて、大袈裟《おおげさ》かもしれないけれど。

歌い終わると、日和ちゃんは力いっぱい拍手をしてくれた。

「めっちゃ良かったよ！　ラップって難しそうだと思ってたけど、隼くん上手だった！」

「ありがと。つい頑張っちゃったよ」

照れながらコーラで喉を潤していると、画面に次の曲名が映し出された。数年前に流行ったアイドルの一番売れた曲だった。

「じゃあ、次は私だね！　隼くん、ちゃんと見ててね！」

ちゃんと「聴いて」じゃなくて「見て」とはどういうことだろうか。その疑問はすぐに解消されることになった。

立ち上がった日和《ひより》ちゃんはそのアイドルソングを、完璧な振り付けで踊りながら歌っていた。可愛い歌声とダンスに、あっという間に目が釘付《くぎづ》けになった。

ヤバい。アイドルにハマる人の気持ちが超わかる。こんな可愛い子がいたら即推しになるし、とことん貢《みつ》いで破産するだろ。

手を叩《たた》いたり声をかけたりして、実際のライブ会場にいるファンのごとく盛り上げる俺と、アイドルさながらに「ありがとー！」なんて言って手を振ってくる日和ちゃん。楽しい時間を過ごしていたのだが、事件は彼女が歌い終わった後に起こった。

「すげー！　完璧じゃん！」

興奮気味に話しかける俺に、日和ちゃんは得意気にピースサインを作った。

「中学のときの先生の結婚式の余興用に、猛練習したんだよね！　だからこの曲聞くと体が勝手に動くんだ。……あー、喉渇いちゃった！　この曲歌い終わると痩せる気がするんだよ……ね⁉」

背伸びをしていた彼女の表情が急激に焦《あせ》ったようなものに変わり、あからさまに狼狽《ろうばい》しはじめたので不思議に思って聞いてみた。

「どうしたの？」

日和ちゃんはなんだか気まずそうに笑って、胸の前を腕で隠した。

「……ホックが、外れちゃった……あはは」

普段聞き慣れない単語により、俺の思考回路にアクシデントが発生した。

ホック？　ホックって……あれか？　ブラジャーの、金具？　留めるやつだよな？　手を使わずとも外れるものなの？　っていうか、ホックが外れた状態で動いたらどうなるの？　……おっぱいが、揺れるってこと？

「そ、そっか。まあ、そんなこともあるよね」

本当は日和ちゃんのブラジャーと胸のことで頭がいっぱいの単細胞生物みたいになっていたけれど、それくらいで動揺するわけにはいかないと思い必死に平静を装った。

だって俺はヤリチンと呼ばれている男。

ブラジャーどころか、生のおっぱいだって見慣れていて然《しか》るべきなんだ。

「さ、最近サイズが合わなくなってきて大きめのブラ買ったから、よくあるんだよね。アンダーが緩いと外れやすいんだ」

「そ……うだよね。お、女の子って大変だよね」

あたかも最初から知っていましたという体《てい》で会話をしているが、アンダー？　が緩いと外れやすいなんて、初めて知った事実だ。ブラジャーの構造なんて童貞にわかるわけない。

ハードルが高すぎるだろ。

二人きりの今は少しだけ見栄を張るのをやめようなんて考えていたけれど、性関係だけは別だ。彼女の前で格好つけられないなら、イケメンでもヤリチンでも男でもないだろう。

「う、うん。……ど、どうしようかなあ……」

胸を隠すようにしながら俺の様子を窺《うかが》う日和ちゃんを見て、ハッとした。

——ま、まさか俺、誘われてる!?　さ、触っていいってことなのか!?

……いや、冷静になれよ俺。先走りすぎだ。まずは日和ちゃんがホックを留め直して、通常運転に戻ることを最優先に考えるべきだろう。

でもブラジャーのホックって、何も見ないで留め外しできるものなの？　鏡とか見ながらじゃないと難しいんじゃないのか？　あ、だから「どうしようかなあ」って困っていたのか！

現在進行形でとても困っているはずの、日和ちゃんを助けるために。

スマートに格好つけろ。余裕ぶれ、俺。

「っていうか、大丈夫？　一人で直せる？」

今の声がけは自然だったに違いない。心配しつつも、女の子がどうやってブラジャーを着け直すのかわからない俺が相手に判断を委ねた、ベストアンサーだ。

……ちょっと待て。毎朝お母さんに手伝ってもらうわけでもあるまいし、一人で着けれるに決まってんじゃん！　やっちまった！「ベストアンサーだ」じゃねえよ俺！

頭を抱えて叫び出したい気持ちを必死に抑えている中で、暗がりでもわかるくらい日和ちゃんの顔が赤いことに気づいた。ホックが外れてしまうことは、女の子にとってはやはりとても恥ずかしいことなのだろう。

「……しゅ……隼くんが、留めてくれる……？」

日和ちゃんが口にした予想もしていなかったお願いによって、フルで働かせていた俺の脳味噌《のうみそ》はついにフリーズしてしまった。

え？　ブラジャーって人に着けてもらうものなの？　それとも日和ちゃんが特殊というか、たとえば経験豊富な女の子なんかは自分の手を煩わせることなく、男の手で身だしなみを整えるのがステータスみたいな感じなのか？

ブラジャーのホックの留め外しなんて、ヤリチンなら目を瞑《つぶ》っていてもできるものなのだろうか。だけど俺はおっぱいはもちろん、ブラジャーにだって当然触ったことはない。

「い、いいよ。俺に任せて」

適した回答を捻《ひね》り出す前に、いつものように見栄を張ってしまった。やってしまったという後悔半分、そして残りの半分はエロを期待する下心だ。神様、許してください。

「じゃあ、えっと……お願いします……」

日和ちゃんは後ろを向いた。向かい合わせで背中に手を回すと思い込んでいた俺は、少し安堵《あんど》する。必死になってホックに四苦八苦する顔を見られなくて済みそうだ。

制服の下の、ブラウスの中におそるおそる手を入れる。日和ちゃんの体がビクッと跳ねたが、彼女なら服に手を入れられて驚くなんてことはなさそうだし、単にくすぐったかったのだろう。……っていうか、普通に腰が見えてるんだけど。めっちゃ細いんだけど。触れないように気をつけていても、指や手の甲でわずかに触れてしまう肌がすべすべで興奮する。
ヤバい。いちいちドキドキしてもたついていたら、鏑木隼《かぶらぎしゅん》が抱かれているスマートな
ヤリチンのイメージが崩れてしまう。彼女に気づかれないように気合を入れ直して、ブラ
ジャーの背中部分？　の左右を手に持った。
集中しろ。ただ、引っ掛けるだけ。難しいことじゃないはずだ。
先端同士が近づくようにゆっくりと引っ張り、小さな穴に金具を通して……よし、成功
だ。心の中でガッツポーズを決める。
「できたよ」
「ありがとう。……あ、ごめん。もしかして隼くん、その……一番外側のホックに引っ掛
けた感じかな？」
頭の上にクエスチョンマークが浮かぶ。一番外側……とは？
「ごめんなんだけど、一番内側のホックに引っ掛けてくれると助かるかな。これだと緩す
ぎてまた、外れちゃうかもしれないし……」
え？　ホックは上と下以外にまだ何個かあるってことなのか？　戸惑う俺を見る日和ち

ゃんは照れたように笑って、

「あ。ご、ごめんね？　見えないと留めづらいよね？　……えっと……はい。こ、これなら見えるかなあ……？」

ブラウスとキャミソールを大胆にたくし上げた。想定外すぎる彼女の勘違いにより、さっきよりも明確にくびれ回りの曲線や肌の質感を視認してしまった。

「み、見えるよ。じゃあ……その、やり直すね」

もう一度ブラジャーに触ることになるなんて……こんなことある？

まさか……本当はもっとイチャつきたかったのに俺が普通にホックを留めたから、不満だったってこと⁉

心臓の音が大音量で響いている。都合よく考えすぎだとは自覚している。でも好きな女の子のこんな姿を見せられて冷静でいろだなんて、酷な話だろ。少しくらいおっぱいを触っても許されるんじゃないか？

――いや、落ち着け。日和ちゃんは俺を信用して、頼ってくれたのだ。動揺したり興奮したり、ましてや失敗なんかして彼女を幻滅させるわけにはいかない。

心頭滅却。全集中だ。

背中に回っているブラジャーの細い部分を、再び手に取る。ここで初めて、水色のブラ

ジャーだったことが明らかになった。目を凝らし、ホックが上下だけではなく横に三つ並んでついていることを知る。奥が深すぎるぞ、ブラジャー！

さっき決死の思いで引っ掛けたホックを一度外し、息を吐いた。次に左手を使い、一番日和《ひより》ちゃんの胸に近い部分のホックに引っ掛けられるように調整する。そして右手で二つの輪っかに金具を入れて……。

「……今度はどうかな？」

「ありがとー！　……うん、バッチリ！」

今度こそ成功したようだ。振り向いた日和ちゃんが指でOKサインをして笑う姿を見て、安堵感で崩れ落ちそうになるところを「良かったー」なんてサラッと言いながら、必死に堪《こら》えた。

「あ……ごめん。ちょっとだけ、こっち見ないでね」

俺に背を向けてもぞもぞと胸部に手を入れるような動作を見て、慌てて顔を背けた。ブラジャーの前の方を調整したり、ブラウスをスカートの中に入れ直しているのだろう。生々しい衣擦《きぬず》れの音が耳に届いて、心臓はずっと早鐘を打っている。

でも本当に、ヘマしなくてよかった。ホックもまともに留められない男だってバレたら、幻滅されていたに違いない。

後ろから抱き締めたわけでも胸を触ったわけでもないのに、俺は大仕事を終えた勇者のごとく達成感に満たされていた。だけどあの細い腰回りや触れた肌の感触を思い出してしまい、賢者からは程遠い煩悩《ぼんのう》が全身を覆いつくしていくのを感じていた。

それを悟られてしまう前に、無理にでもカラオケに集中するべくテンションを上げた。

「俺、人前で初めてヘビメタ披露しちゃおっかな!」

「じゃあ、記念に動画撮ってもいい? 後で一緒に観《み》よ!」

下手くそな歌の記録を残されることに少しばかりの抵抗感はあったけれど、日和ちゃんと肩を並べて初の放課後デートを振り返るのは悪くない。

だから俺は必死に声帯を絞って、全身全霊のデスボイスを披露したのだった。

翌日、声がしわがれてしまったことは言うまでもない。

【仲村日和の四月二十八日】

晴丘高校《はれおかこうこう》一のイケメンと名高い男の子がいる。

二年二組、鏑木隼。整った顔立ちをしていてとにかく爽やかで、人当たりも性格もいいと言われている。もし十年後に親に結婚相手として家に連れていけば、彼がフリーターでもギャンブラーでも諸手《もろて》を挙げて喜ばれると思う。

そんな彼は今、なんの奇跡が起こったのか、私の彼氏なのだ。私は隼くんのことが大好きだし、非の打ちどころのない素晴らしい男の子だと思っているけれど、彼には一つだけその爽やかな容姿に似合わない噂《うわさ》があった。

ヤリチン——つまり、女の子だったら見境なく手を出そうとする男、というものだ。

だから、

「大丈夫？　一人で直せる？」

ブラのホックが外れたと口にした後にそう言われたとき、私は隼くんからエッチのお誘いを受けているのかと思って硬直してしまった。

ううん、それは言いすぎかもしれない。エッチとまではいかなくても、二人きりだし、カラオケの室内って薄暗いし、単にイチャイチャしたいのかなって思った。

こういうとき、経験豊富な女の子だったらなんて言うのかな。経験のない私にはわからないけれど、その分想像力だけは非処女の友人より働かせられる気がする。

女の子に触りたそうな彼氏に対する、このシチュエーションでの満点回答はきっと――。

「……しゅ……隼くんが、留めてくれる……?」

口にしてから、なんて恥ずかしいことを言ってしまったんだと顔が熱くなった。

エッチのとき、男の子がブラを外してくれるという話はよく聞いている。だけど、ブラを着けてもらう話はあまり聞かない。これは、やらかした? 私、間違えた?

隼くんがドン引きしていたらどうしようと、おそるおそる様子を窺ってみる。

「い、いいよ。俺に任せて」

さすがヤリチン……内心で焦《あせ》りまくる私とは違って、二つ返事で了承するなんて。少し驚きはしたけれど、顔色一つ変えていない様子に安堵する。

やっぱり隼くんはブラのホックなんて、留めるのも外すのも手慣れているんだろう。もし今の言葉が彼が望んでいたものだとしたら、頑張った甲斐《かい》があったな。

……気を緩めている場合じゃない。自分で自分を褒めてあげるのは後だ。今はもう少し、見栄《みえ》を張り続けなきゃ。

「じゃあ、えっと……お願いします……」

そう言って後ろを向いた。隼くんと向き合ったまま背中に手を回されたら、あまりの顔の近さにさすがに平然とできる自信がない。

キャミソールの中に潜り込んできた隼くんの手に、体が勝手にビクッと反応してしまう。顔が見えないせいで肌が敏感になっているのかな？

隼くんの手が触れた箇所が、熱を帯びていく。友達とふざけてくすぐり合いしたり抱きついたりしたときは思わなかったけれど、隼くんだと妙に緊張するし、なんか気持ちいい気がするのはどうしてだろう。

「できたよ」

あんまり動かないように頑張っている間に、気がついたらホックは留められていた。スマートだなあと惚《ほ》れ惚《ぼ》れしたものの、すぐにアンダーが緩いことに気づいた。

一番内側のホックを使ってと最初に言わなかった私が悪い。だからこのままでもいいかと思ったけれど、そうするとまたホックは容易に外れてしまう。いつ外れるのかわからないホックを気にして、隼くんとのデートに集中できないのは嫌だ。

それに……もう少し背伸びしたいっていうか、隼くんに釣り合いたいというか。

私ばっかりじゃなくて、余裕綽々《よゆうしゃくしゃく》の隼くんにも少しはドキドキしてもらいたいし。

大丈夫、き……きっといつかは、全部見せるときが来るんだ。薄暗い部屋で予行練習ができるなんてむしろラッキーだと思わなきゃ。

そう自分に言い聞かせて深呼吸をしてから、できるだけあっけらかんと留め直しのお願いを口にして、もう一度隼くんに背中を向けた。隼くんならブラホックの留め外しなんて余裕かもと思ったけれど、少しでも経験豊富っぽく見せたくて、恥ずかしいけれどブラウスとキャミをたくし上げた。

再び隼くんの手がブラに触れる。バックベルトが引っ張られると、胸部が軽く圧迫されてなんだか変な気持ちになってくる。

……今ここで、隼くんが後ろから胸を鷲摑《わしづか》みにしてきたらどうしよう。

私には隼くんの誘いを断る理由はないし、抵抗しなければそのまま押し倒されるのかな。え、どうしよう。エッチを断る理由はなくとも、そこまでの覚悟はできてない！

「……今度はどうかな？」

私がこの先のことを想像して心臓をバクバクさせている間に、隼くんは自分の仕事を完壁に終えていた。ホックは一番内側の部分に、上下二つともしっかりとかかっている。

「ありがとー！　……うん、バッチリ！」

努めて明るくお礼を言いながら、自惚《うぬぼ》れていた自分に恥ずかしさを感じる。

私の馬鹿。隼《しゅん》くんみたいにいろんな女の子と経験してきたヤリチンが、ブラのホックを留めたくらいで興奮するわけないじゃんか。

いつも通りの隼くんを見ていたら私だけが照れているのが余計に恥ずかしくて、頑張って「なんでもない風」を装《よそお》った。私のちっぽけなプライドだ。

隼くんが顔に似合わないヘビメタを一生懸命に歌っている姿を見ながら、私は必死に火《ほ》照《て》った体をクールダウンしようと試みていた。っていうか隼くんのヘビメタ、爽やかな外見とのギャップがいいな。流行《はや》りのラブソングを歌っている姿より惹《ひ》かれるかも。

「よし！　私も歌おっと！　次は動きすぎてホックが外れないように、演歌とかバラードにしよっかな！」

「演歌⁉　聴きたい！　歌って歌って！」

軽い冗談のつもりだったけれど隼くんの反応が良かったこともあって、可愛くないと思って歌うつもりのなかった、別れた男への愛憎を込めた演歌を小節《こぶし》をきかせて披露した。

隼くんは目を輝かせて手を叩《たた》いてくれた。……私のブラより演歌の方が嬉《うれ》しいの？　ヤリチンの考えていることはよくわからない。

その後のカラオケは二人とも、何かを振り切るかのごとく声を嗄《か》らして歌った。

私と隼くんの初の放課後デートは、私が大いにから回ってしまった感があるけれど、本当に楽しかった。

大切な思い出の一ページとなった素敵な一日の中で、私は学んだことがある。

隼くんという彼氏ができた以上、いつ「その日」が来てもいいように心構えをしっかりしておこうということ。それから、日頃から下着とか肌のケアとかを意識していかなければということだ。

終了時間を告げる案内の電話を切った隼くんは、コーラを飲みながら笑った。

「めっちゃ歌ったね。俺も日和ちゃんも声嗄れちゃったし、最後にあのアイドルソングをもう一回歌ってほしかったけど難しそうだね」

いつもより大分ハスキーになった隼くんの声に色気を感じてしまった私は、エッチなことばかり考えているみたいで一人で恥ずかしくなってしまった。

第三話　抱かれたがりの先輩

【鏑木隼の五月五日】

ゴールデンウイークも終盤、俺は雅久斗《がくと》と一緒に味噌《みそ》ラーメンが美味《うま》いと評判のラーメン屋に来ていた。

「写真見たぞ隼ー、お前たちもなかなかカップルっぽいことしてんじゃん」

「お前に見られたのは結構恥ずかしいな。ポージングとか顔の近さに緊張したんだけど、どうだった？　彼女とのツーショットが初めてのぎこちない童貞感は出てないよな？」

「残念ながら、完全に夢の国ではしゃぐカップル感しかなかったよ。……何ニヤけてんだ。浮かれてんなお前」

一昨日《おととい》、俺と日和ちゃんは初めて二人きりで遠出をして、超有名マスコットキャラのいる大型テーマパークに遊びに行った。大型連休の初日、よく晴れた日だったこともあり園内は大混雑だった。

それでも俺たちは大いにはしゃいだ。日和《ひより》ちゃんの私服は文句なしに可愛かったし、お揃《そろ》いで被《かぶ》ったキャラ耳帽子姿の日和ちゃんはそれはもうめちゃくちゃに可愛かった。……語彙力ないな、俺。

その日の夜に、二人の頬が触れ合うくらいの至近距離で撮った笑顔の写真を、日和ちゃんはSNSに投稿した。

それは俺の想像を遥《はる》かに超える反響があったようで、その投稿に対する「いいね」の数は今までで一番だと日和ちゃんは驚いていたし、雅久斗曰《いわ》く、晴高《はれこう》の生徒のほとんどが閲覧済だとか。

「っつーか仲村《なかむら》って、この写真はちょっと盛ってるにしてもさ、やっぱ可愛いよなー」

日和ちゃんがアップした写真を見ながら、雅久斗はニヤニヤしている。

「人の彼女をエロい目で見んな。あと、日和ちゃんは加工なんかしなくても可愛い」

「うぜー、可愛いって言っただけだろ？　で？　ヤッたの？」

「すぐそういう話をしてくる奴《やつ》には正当な忠告だろうが。…………手は、繋《つな》いだ」

雅久斗は大袈裟《おおげさ》に目を大きく見開いた。

「……マジ？　一日中一緒にいて、キスもしてねーの？」

「……ジュースを飲むときに、か、間接キスはしたけど……おい。そんな目で俺を見るな。

付き合って一週間ちょっとだぞ？　別に変じゃないだろ」

憐《あわ》れむような雅久斗の視線から逃げるように、太麺に向き合った。こんな、ヤリチンと呼ばれる鏑木《かぶらぎ》隼らしからぬ話、雅久斗以外の前では絶対にできない。

「幼稚園児かよ！　そんなんで満足してんじゃねーよ！」

「……その日は手を繋ぐだけでいっぱいいっぱいだったんだよ。最後のパレードでやっと繋げたとき、なんかいろいろ込み上げてきて感動したもん」

「……いや、ピュアホワイトな隼クンを汚《けが》すみたいなこと言うけどさ……オレだったら考えられねえな。オレならたとえ女の子とゴリラの話をしていたとしても、絶対にセックスの雰囲気に持っていく」

「どんな軌道修正したらゴリラからセックスに繋がるんだよ！　お前の真似《まね》が童貞の俺にできるわけねえだろ！」

「そういえば、ゴリラってB型しかいないって知ってたか？」

「え、マジ？　なんで？」

そこから謎のゴリラトークでひとしきり盛り上がった後、雅久斗は声のトーンを少し落とした。

「なあ、仲村とヤリたいとは思わなかったのか？」

「好きな子と一日中一緒にいたんだぞ？　思ったに決まってるだろ。……でも、俺だけがシたいと思っているのは駄目なんだよ。俺は日和ちゃんのことを絶対大事にしようって決めてるし」

「……仲村も同じ気持ちなんじゃねえの？　絶対お前からのアクション待ちだって」

「なんで雅久斗が日和ちゃんを知ったように話すんだよ」

「オレはさ、隼がどれだけモテても仲村を一途《いちず》に思い続けてたこと知ってるからさ。せっかく付き合えたっていうのに、もたもたしてるのが嫌なんだよ。女心っていうのは、ホントあっという間に変わっていくからさあ」

何人もの女の子と付き合ってきた生粋のヤリチンの言葉には、重みがあるような、ないような。

すぐにエロい話に持っていったりからかおうとはしてくるけれど、言葉の一割に本音を混ぜてくる癖を知っている俺は素直に礼を述べた。

「……心配してくれてありがとな。何かあったらまた話を聞いてくれ」

「何かあってからじゃ遅いと思うけどな……まあ、話はいつでも聞くぞ。飯が美味いラブホとか、おススメのゴムとかなんでも聞けよ？」

「だからなんでそっちに話を持っていくんだよ！　……いつか世話になるかもしれないけ

どさ」

雅久斗はケタケタと笑って、景気づけと言わんばかりに俺の丼に煮卵を一つ落とした。

【鏑木隼の五月十一日】

週に二、三回、俺は近所のファミリーレストラン「ライツ」でアルバイトをしている。どうしても欲しいものがあったわけでもなく、軽い気持ちで始めたものの、勤労というのはたとえアルバイトであっても大変だということを実感させられている。

ホール担当の俺が接客で苦手としているのは、絡《から》み酒をしてくる酔っ払いと、空気を読まずにやたら話しかけてくる女性客だった。

「チーズハンバーグセットと、きのことクリームソースのパスタです。鉄板の方お熱くなっておりますのでご注意ください」

女性二名で来店されているテーブルにオーダーを届けに行くと、熱い視線を向けられた。

まずい、嫌な不安が的中しそうだ。たぶん、俺の苦手なお客様だ。

「ねえ君、鏑木くんっていうの？　イケメンだねー！　連絡先教えてよ」

胸元のネームプレートで俺の名前を知ったばかりのお姉さんが、声をかけてきた。

「ごめんなさい、店長から個人情報を教えるのは禁止だって言われているんです」

笑顔でさらりと、仕事の一環だということを強調する。バイトを始めたばかりの頃に比べたら、苦手とはいえ応対に慣れてきてはいる。

もう一人のショートカットのお姉さんが、軽く両手を合わせた。

「ごめんねー！　この子面食いだからさあ。……鏑木くん、夜道に気をつけてね？」

「襲わねーっつーの！　……たぶん」

「そこは絶対だろ！」

なんて言い合いながら、あまり上品ではない声で笑い合う二人に愛想笑《あいそわら》いで一礼して、その場を去った。

今の二人はまだ全然優しい方で、もっとゲスいというか普通にセクハラで訴えてもいいレベルの発言も多々受けてきた。もう辞めてもいいかなと何度も考えてきた。だけど、俺はまだこうしてバイトを続けられている。

挫《くじ》けそうになる度に、俺を助けてくれた先輩がいたからだ。

「相変わらずモテてるねー！　どこに出しても恥ずかしくない看板娘だね。どこにも出すつもりはないけど！」

潑剌《はつらつ》とした声で楽しそうに俺の肩を叩《たた》いたのは、このバイト先で俺より一年早く働いている丸山《まるやま》ちはる先輩だ。

「そこはせめて息子って言ってください。っていうか、ちはる先輩には言われたくないですよ。この店、先輩がいるときといないときで売上が違うらしいですよ？」

「まーた店長が適当なこと言ってるー。真に受けちゃ駄目だよ？　隼《しゅん》くんにはこのまま素直で可愛いイケメンとしてすくすく育ってほしいんだから」

ちはる先輩は大学二年生だ。テスト前以外は基本週三でシフトに入っている先輩と俺は、勤務可能な時間帯が被るため一緒に働くことが多い。

明るめのロングヘアーに緩いパーマをかけている先輩は、甘え上手に見える垂れた大きな瞳が魅力的だ。声や仕草、雰囲気が色っぽいこともあって、俺みたいな童貞には少し刺激が強すぎるほどの存在である。

先輩が軽く流した「売上が違う」というのは、決して店長のホラ話だとか誇張表現というわけではない。現に、今日なんかは男性客が多い。常連のお客様はお金を使わずにただ長居するだけだと先輩が嫌がるのを知っているから、飲み食いした後はスマートに帰っていくし回転率も高い。先輩が上手にお客様とコミュニケーションを取り合う中で作り上げた、暗黙のルールだった。

先輩は売上に貢献しているだけではない。ホール全体にいつだって目を配っていて、お客様への応対も、俺たち従業員へのフォローも完璧だ。

端的にいえばものすごく仕事ができる人で、俺も今まで幾度となく助けてもらっている。俺が接客業特有の辛《つら》さを感じていたときに相談に乗ってくれたのも、先輩だった。

「隼くんも今日二十二時までっしょ？　一緒に帰ろー！」

「いいですよ。駅まで送ります」

小声で「やったー」と言いながらオーダーを取りに向かう先輩の後ろ姿を見て、定時までのあと一時間半、俺ももう少し頑張らないとなと思った。

☆

タイムカードに打刻して、俺とちはる先輩はライツを出た。

五月の夜はまだ風がひんやりと肌寒いけれど、バイトが終わった後に感じると疲れを少しだけ和らげてくれる気がする。隣を歩く先輩もそう思っているのか、気持ち良さそうに夜空を仰いでいた。

「次は土曜日かー……あ、そうだ！　ねえ聞いてよ隼くん！　親友についに彼氏ができちゃってさー、いや、相手はめっちゃ優しいみたいだし幸せそうだから祝福してあげたいんだけどね、途端に付き合いが悪くなるのはどうなの？　あたしを優先しろって言ってるわけじゃないよ？　でももう少しバランスってあると思わない？」

爽やかな表情から一転、先輩は唇を尖《とが》らせながら不満を口にし始めた。俺は話を聞きながら、日和ちゃんとの時間を確保しつつ友人関係も大切にしていこうと、先輩の親友さんを反面教師にさせていただいた。

「そうですね。恋愛に夢中になって友達を疎《おろそ》かにするのは良くないかもですね」

「やっぱりそう思う⁉　ちくしょー真奈美《まなみ》の奴ー、あたしに彼氏ができたら絶対やり返してやるー！」

先輩は半年前に彼氏と別れてからはバイトと学校が忙しく、恋愛はしていないのだそうだ。こんな美人に彼氏がいないだなんて、雅久斗《がくと》が知ったら絶対に落としにライツに通い詰めるだろうな。

……いや、あいつの場合、先輩に彼氏がいてもやりかねない。先輩の存在は秘密のままにしておこう。

「あー、人肌が恋しいよー。隼くん、腕組んでいい？　辛くなってきたあー……このままだと歩けないぃー」

わざとらしく甘ったるい声を出し、先輩は上目遣いで訴えかけてきた。

腕を組むのは浮気《うわき》になるのかな？　でも、歩けない状態の人を介抱するのは普通のことだよな。

すっと左腕を差し出した。

「……先輩目当ての客に誤解されないよう、お気をつけてられないよぉ」

「アイドルやキャバ嬢じゃないんだから、そこまで気をつけて」

嬉《うれ》しそうに俺の腕に絡んでくる先輩にされるがまま、夜道を歩く。ひんやりとした夜風は今はもう、扇風機にもならない。浮気にはならないとは思ったものの、触れた肌が特殊な熱を帯びるのは人間の摂理だった。

「ねえ隼くんー、あたし明日学校午後からだしさ、もう少し夜更《よふ》かししない？　このままウチにおいでよ」

「しれっと連れ込もうとしないでください。俺は明日普通に学校なんで」

「もー、ガード固いんだから。いいじゃん、ちょっとだけ！　何もしないから！」

「若い女の子に絡むオジサンみたいなこと言わないでください」

本物のヤリチンだったら喜んで誘いに乗るのだろう。だけど先輩は俺が誘いに乗らないからこそ、こうやってからかってくるような節を感じる。

先輩と話していると、女の人って本当に難しいなとつくづく思う。

「隼くんって、学校じゃ名の知れたヤリチンなんでしょー？　あたしってそんなに魅力ない？」

上目遣いで尋ねてくる先輩は、間違いなく自分の可愛さを自覚している。たじろいでしまうものの、童貞だとバレないように平然と受け流す必要がある。

「先輩には魅力しかありませんよ。だからこそ、自分のことを大事にしてくださいね」

そもそも、先輩の耳にまで俺の噂《うわさ》が届いてしまったのは完全に誤算だった。

俺の働く姿を見に冷やかしにきたグループの連中が目ざとく可愛い先輩を見つけて、俺をダシにナンパしたことがきっかけだ。

事実が一つもない俺のヤリチントークに花を咲かせる友人たちと、面白がって話に乗っかる先輩の組み合わせは俺にとっては悪夢だった。雅久斗がいれば俺のバイト先での今後を考えてストッパーになってくれたとは思うが、たまたま奴《やつ》が不在だったことも災いした。

俺の情報だけ聞き出した先輩は奴らのナンパを笑顔で両断し、俺を生粋のヤリチンとしてからかってくるようになった。

だから俺は学校と同じように見栄《みえ》を張って、先輩の前でもヤリチンぶらなくてはならなくなってしまったのだった。

先輩は艶のある唇を尖らせながら、俺に体を寄せた。

「あーあ、隼くんに振られちゃったあー。いいもん、この腕に隼くんの温《ぬく》もりを覚えさせて帰る。隼くんが慰めてくれないから一人で……」

なんでも相談できて頼りがいのある尊敬している先輩なのだが、セクハラ気味なのが玉に瑕《きず》だ。俺が同じことをやったら間違いなくバイトを首になっている言動を平気で繰り返してくる。

どこまで本気で言っているのかわからない。女心検定レベル1の俺には、この人の本心を覗《のぞ》き込むことなんて到底できやしないのだ。

「ストーップ！　先輩！　年下の男子高校生を虐《いじ》めるのはもう勘弁してください！」

一対一でそんな言葉を投げつけられては、ヤリチンの仮面なんて被《かぶ》っていられない。

真っ赤になった顔を見られないように顔を背けて、童貞感漂う突っ込み役に回らざるを得なかった。

俺の反応の何がそんなに気に入ったのか、先輩は綺麗《きれい》な顔をくしゃくしゃにして、上機嫌に笑っていた。

……もしかしたら先輩とのやり取りって、日和《ひより》ちゃんから見たら誤解されてしまうものかもしれない。ある程度の距離感を守ってもらうためにも、俺に彼女ができたことを伝えておこう。

「あの、先輩。俺……」

「あははは、可愛いなあ隼くんは！　できるだけ長く一緒に働きたいから、何かあったらなんでも言ってね。お姉さん、隼くんのためなら頑張っちゃうからね」

先輩の笑顔を見た俺はこの空気感を壊したくなくて、言葉を呑《の》み込んでしまった。

「あ……ありがとうございます。でもいつまでも頼ってばかりでは情けないので、俺も先輩に頼られる男になれるよう頑張ります」

先輩に伝えるのは次にシフトが被ったときにしよう。

背伸びをしながら俺の頭を撫《な》でてくる先輩はとても嬉しそうで、そして——綺麗だった。


先輩と別れて一人になってから、日和ちゃんにメッセージを送った。

『バイト終わった。忙しかったー』

『おつかれさまー。次のバイトは土曜日だっけ？』

『うん。十時から十八時まで。長丁場だけど頑張るよ。次の日はデートだし！』

『私も楽しみ！　今日の夜、寝る前に電話してもいい？』

ＯＫのスタンプを送ってから、スマホをポケットに仕舞い込む。

俺は日和ちゃんと寝る前に電話するのが好きだ。声が聞けるのって嬉しいし、幸せな気持ちで眠りにつくことができるから。

今日はバイト先での話でもしようかな。話したいことはたくさんある。

疲れているのにもかかわらず、帰路を歩む足取りは心なしか軽くなったような気がした。

【鏑木隼の五月十四日　十四時】

次のバイトは土曜日だった。目まぐるしく入れ替わる客と怒濤《どとう》のように押される注文ボタンに無我夢中で対応し、ようやくランチタイムが終わった。

やっと休憩に入れた俺が控え室の椅子に座って一息《ひといき》吐いていると、ちはる先輩が「お疲れ様～」と言って隣の椅子に腰掛けた。

「今日はちょーしんどいねー。ねえ、バイト終わったらごはん食べに行かない？　ちはるちゃんのアフターもあるよ？」

あ、今だ、と思った。日和ちゃんという彼女ができたことをいつ切り出そうか悩んでいた俺は、先輩からのお誘いをその好機だと捉えた。

「……先輩。あの、俺実は彼女ができたんです。彼女を大切にしたいので、誤解されるような行動は避けようと思ってて。だからごはんは二人では行けないです。すみません」

回りくどい言い方なんて俺にはできない。事実と本心を短くまとめて伝えると、先輩は大きな目をさらに大きく見開いて、大袈裟《おおげさ》に驚いたリアクションを取っていた。

「えええええ⁉　マジで⁉　いつ？　おめでとう！　相手は同じ学校の子？」

「彼女は俺がずっと片想《かたおも》いしてきた子で……成り行きは少し特殊だったんですけど、先月俺から告白して付き合い始めました」

「彼女の顔が見たすぎる！　どんな子？　写真は？」

先輩は予想以上に食いつきが良くて、質問攻めに合いながら俺はたじろいでしまった。

「そ、そろそろ休憩も終わるので、また後で」

追及の場から逃げようと椅子から立ち上がると、先輩はまるで観察するかのように俺をじっと見つめていた。

「隼《しゅん》くんってさー……ちゃんと彼女ができたことを周りに話して、恥ずかしがらずに大切にしたいって宣言までするタイプの男の子なんだね。なんか、ヤリチンっていう噂が嘘《うそ》みたいに誠実だよね」

俺はぎくりと体を強張《こわば》らせた。今更童貞だなんてバレたら、先輩との関係が崩れてしまうかもしれないと焦《あせ》ったからだ。

「べ、別に普通のことだと思いますけど？　じゃあ、ラストまで頑張りましょうね」

そそくさと控え室を出ようとする俺を見送る先輩は、まるですべてお見通しというかのような顔で微笑《ほほえ》んでいた。


それからしばらくは来店客も少なく、穏やかに仕事を回していた。

十八時の定時まであと一時間を切ったなと時計を確認しているとき、ドアが開いた。

「いらっしゃいませー……あ」

「隼くんの働いているところが見たくて、来ちゃった！　ビックリした？」

悪戯《いたずら》が成功した子どものように無邪気に笑ったのは、俺の彼女だった。

「ビ、ビックリした。えっと、とりあえずご案内します」

俺の敬語か、制服姿か。働いている姿に新鮮さを感じてくれているのか、日和ちゃんは席に着くまでずっとニコニコしていた。

「俺あと一時間くらいでバイト終わるからさ、なんか食べに行く？」

他のお客様にバレないようにこっそり話しかけると、

「行く！　っていうかそれを期待して来たんだよね。作戦成功っ！」

日和ちゃんはそう言って白い歯を見せた。こんな可愛い策士ならば、いくらでも作戦に引っ掛かってあげられる。

彼女に格好悪いところを見せたくないし、張り切って働くぞと気合を入れ直してキッチンに日和ちゃんのオーダーを伝えて戻ってきたところを、ちはる先輩に見つかった。

「ねー、もしかしてあの子、隼くんの彼女？」

先輩はとても鋭い人だ。もしかしたら今の短いやり取りだとか、俺たちの間に流れる空気とかでピンときたのかもしれない。

好奇心旺盛な先輩の性格を思えばややこしくなりそうな予感はしたけれど、やましいことなんてないのに嘘を吐く発想はない。

「そうです。可愛いと思いませんか？」

「めっちゃ可愛い！　よーし、オーダー全部あたしが行こうっと！」

目を輝かせて日和ちゃんの元へ参じようとする先輩を、慌てて止める。

「待ってください！　俺の見ていないところで先輩がちょっかいかけようとするのは不安です！　あの子のところは俺が行くので！」

「あー！　彼氏だからってズルい！　あたしも可愛い女の子とお喋《しゃべ》りしたい！」

「ズルいってなんですか！　そもそも彼女は俺に会いに来店してくれたお客様なんですから、俺が対応して当たり前じゃないで……すか……？」

俺の言葉尻がしぼんでいったのは、俺と先輩の背後に立つ気配に気がついたからだ。

おそるおそる振り向くと、そこには勤務歴十五年、ベテランのバイトリーダーが怖い笑顔で立っていた。

「あの子の席は私が対応します。いいですね？」

「「はい……」」

リーダーに叱られた俺と先輩は、バイトが終わったら俺が先輩に日和ちゃんを軽く紹介するという形で一旦終話した。

日和ちゃんの席に行く店員が必ずベテラン店員であることに、彼女は何度も俺に無言の視線で「なぜ？」と問いかけてきた。

勤務中であるという自覚が足りなかったからです。ごめんなさい。

☆

ライツの外で待っていてくれた日和ちゃんのところにちはる先輩と向かうと、俺たちの姿を認めた彼女は「お疲れ様ー！」と言って手を振ってくれた。

「待たせちゃってごめん。それであの、俺の先輩がどうしても日和ちゃんと話がしたいらしくて……ちょっとだけいい？」

手を合わせて平謝りすると、俺の後ろから顔を出した先輩が楽しそうに日和ちゃんに近づいた。

「丸山《まるやま》ちはるでーす！　ここでのバイトだと隼くんより一年ほど先輩になるかな。このイケメンのハートを射貫《いぬ》いた女の子に興味があったんだけど、超可愛いね！」

人見知りという概念のない先輩の熱い眼差《まなざ》しを受けながら、日和ちゃんは少し困惑気味に一礼した。

「えっと……私は、仲村《なかむら》日和といいます。隼くんとは同じ学校で、その……お、お付き合いをさせていただいております。今後ともよろしくお願いいたします」

先輩は俺の家族でもないのに、なんだか堅苦しい挨拶だった。彼氏の職場の先輩だからちゃんとしなきゃと思ってるとか？　そう考えているのだとしたら、今どきの派手な見た目に対して日和《ひより》ちゃんはわりと古風な女の子なのかもしれない。

俺をちらりと一瞥《いちべつ》した先輩は、ニヤリと口角を上げた。なんだろう。嫌な予感がする。

「日和ちゃんかー、これからよろしくね！　……ところで、隼くんとはもうエッチしたの？」

ド直球な質問に、俺と日和ちゃんは瞬時に硬直した。

「な、何言ってるんですか！　やめてくださいよもう！　俺だけならともかく、日和ちゃんにまでセクハラするならマジで怒りますからね!?」

嫌な予感がした時点でなぜ先輩を止めなかったのか、後悔してももう遅い。慌てて先輩の口を塞ごうとする俺を、日和ちゃんは困った目で見ている。

もう、いろんな意味で最悪だ。こんなことで日和ちゃんと気まずい感じになったら、先輩をどうしてくれようか。

「……うーん、内緒です！　こういうのは二人だけの秘密にしておきたいので」

日和ちゃんは笑いながら上手《うま》く流してくれたけれど、顔が赤くなっていた。

初対面で先輩のテンションに合わせるのは、日和ちゃんみたいな陽キャでも大変だよな。無理させてしまっているのがわかるので早く解散しようと口を開こうとしたとき、

「あたし、なんだかテンション上がって来ちゃった！　今から買い物に行こう！　お姉さんが奢《おご》っちゃう！」

先輩はそう言って日和ちゃんの腕に絡《から》みついた。

数時間前は「今日しんどいね」なんて疲弊していたとは思えないほど、先輩は元気いっぱいだった。

☆

俺はちはる先輩の誘いを断るつもり満々だったけれど、人の懐《ふところ》に入るのが得意な先輩と、素直で人当たりのいい日和ちゃんの相性が悪いわけがなかった。

五分程度の談笑ですっかり仲良くなった二人は、ノリ良くそして元気良く、すっかり第三者となってしまった俺を連れて駅ビルの中へと移動した。

「時間があったらもっと都心の方に行っていっぱい店を回りたかったけど、バイト終わりのこんな時間からじゃ近場しか行けなくて悔しいー」

唇を尖《とが》らせる先輩に対して、俺は的確な返答ができそうになかった。

とある理由から、戸惑いを隠せなかったからだ。

「悔しいとかそういう話ではなく……え、ここに入るんですか？　俺も？」

最寄り駅の駅ビルで、彼女とバイト先の先輩と三人で買い物。ここまでは理解できる。

「そうだよ？　彼氏に下着を選んでもらうなんて、割とフツーじゃん？　ほらほら気合入れて！　日和ちゃんの可愛い下着を買うんだから！」

だけど、彼女とバイト先の先輩と三人で女性もののランジェリーショップに入る、という思考は俺には全く理解できなかった。

「まあ任せて！　お姉さんが日和ちゃんと隼くんのために、可愛さとセクシーさを兼ね備えた最高の下着を見繕ってあげるからさ！」

ただでさえ女性客ばかりで浮いているのに、キョドっていたら本当に気持ち悪いと思われてしまう。先輩は今「割とフツー」と言った。ヤリチンなら彼女の下着選びに付き合うなんて、当たり前の行動なのかもしれない。

先輩にはもちろん、日和ちゃんには絶対に童貞だとバレたくない。

だったらここは堂々と、あくまで「彼女の付き添いですけど？」という雰囲気を前面に出していこう。

とはいえ、先陣切って店の中を練り歩くのはおかしいよな。俺は女子二人の一歩後ろで目のやり場に困っているのを悟られないよう注意しながら、店内を見て回った。

……この辺りのブラジャー、夏におススメって謳《うた》っているけれどどういう意味だ？ 素材が薄くて涼しいとか？ ……シームレスブラ……？ ……そうか！ ブラの形がトップスに透けにくいってことか！

「そ、それじゃあ私、試着してくるからちょっと待っててね」

一人考察で忙《せわ》しなかったところに突然話しかけられて、心臓が跳ねた。

「う、うん。行ってらっしゃい。ゆっくりでいいからね」

日和ちゃんは手に持っているであろう下着を俺から隠すように試着室へ向かったため、どんなものを選んだのかわからない。くそっ！ ちゃんと見ておけばよかった！

クールぶって送り出したもののめちゃくちゃ悔やまれる。そんな俺の心の中を読んだかのように、先輩はニヤニヤしながら顔を覗《のぞ》き込んできた。

「どんな下着か気になるー？ 安心して？ 超可愛くてセクシーなやつを見繕うって言ってたでしょ♡ 隼《しゅん》くんはあたしに感謝すべきですねえ」

日和ちゃんに聞こえないように声量を抑えて話す先輩に合わせて、俺も声のトーンを落として話す。

「そっ……それはどうも、ありがとうございます。この目で見られる日が楽しみです」

咄嗟《とっさ》の切り返しにしては上出来だと思った俺は、油断していたらしい。

わざわざ俺から見えないようにしている先輩の両手に気づかず、次の一手を読むことができなかった。

「隼くんはさー、あたしが穿《は》くならこっちの紐《ひも》パンとTバック、どっちが好み？」

じゃーん、という効果音が出そうな勢いで、先輩の胸の前に突如現れた二種類のパンツに目眩《めまい》を起こしかけた。

先輩が急に小声になったのは、いろんな意味で日和ちゃんに聞かれたくなかったからだと悟った。

「へ⁉　……ど、どっちでも似合っていれば、いいんじゃないですか？」

下着単体でもエロい発想しかできないっていうのに、先輩がそれらを手に持っていることで容易に着用している姿が想像できてしまうから困る。

自然にかつ必死に目を逸《そ》らそうと努めているのに、先輩はわざとやっているのか、容赦なく俺の視界にパンツを入れようとしてくる。なんて無慈悲な攻撃だろうか。

「こんな機会めったにないし、隼くんの意見が聞きたいなあー？　ね、お願い？」

俺は白旗を揚げた。日和ちゃんがまだ試着室から出てこないことを確認してから、先輩が手に持つ下着を改めてガン見し、小声で告げる。

「…………こっちの方がいいです。でもそんな過激なやつじゃなくても、白とか薄いピンクとかの可愛らしいデザインが……って、恥ずかしいです！　何言わせるんですか！」

先輩が大人っぽいからといって、下着もイメージに合ったものがいいとは思わない。あえて清純なものを穿いていた方がグッとくるのは俺の性癖か？　それとも男なら誰でも思うことなのか？

真剣に答えた俺を見守っていた先輩は、ニヤリと笑った。

「オッケー！　隼くんは清純派ってことだね！　いいねえ、童貞だね！」

「今、純朴《じゅんぼく》と言われながらも揶揄《やゆ》された気がしましたけど⁉」

「そんなことないよ？　ね、隼くんはTバック穿いた子とエッチしたことある？」

エッチどころか、今日初めて肉眼で見た童貞である。

「やめてくださいって、もー。答えませんからね俺」

予想外の質問に大きく動揺したものの、ここは「ある」と見栄《みえ》を張らなくてもセーフだろうと判断した。流しつつ匂わせつつ、相手に引かれないラインの返答になったはずだ。

「ふうん？　……ところで、Tバックって見た目がエッチだからってこと以外にメリットがあるの知ってる？」

手に持っていた紐パンを元の場所に戻した先輩は、手元に残った淡いピンク色のそれを

胸の前に掲げた。

「……軽くて穿き心地がいい、とかですか？」

「それもあるけど、あたしは下着のラインが出にくいことが一番のメリットだと思う。ほら、今あたしが穿いてるやつみたいなタイトスカートだと、後ろから見たときにパンツの形がわかっちゃうじゃん？　でもＴバックだとそれがないんだよねー」

先輩は嬉々《きき》として魅力を語りながら、後ろを向いて少しだけお尻を突き出した。

……………ん？　なんか、先輩の下着のライン、見えないんだけど。

ずっと早鐘を打ち続けていた心臓がさらに加速していく。

ま、まさか……？

「あたし今、これと同じやつ穿いてるよ。気づかなかったでしょ？」

その一言で、俺の情緒は一気に揺さぶられる羽目になった。

いくら実際に穿いている姿を見ていないとはいえ、声も匂いも伝わってくるこの距離感でそんなことを言われてしまったら、このセクシーなＴバックを穿いている先輩を妄想してしまうわけで。

日和ちゃんが試着室にいるっていうのに俺は何を考えていやがるんだ。煩悩《ぼんのう》を追い払わなくては。そう強く念じる俺の努力を嘲笑《あざわら》うかのように、

「もっとよく見てみる？　なんなら触ってみる？　ほら」

さっきよりもお尻を近づけてくる先輩から、首を捻《ひね》って必死に顔を逸らした。

「……駄目です、先輩」

「えー？　ヤリチンの隼くんなら、これくらい慣れてるんじゃないのかなー？」

煽《あお》られているとわかっている。先輩の興を削《そ》ぐような返答をすべきじゃないってことも、わかっている。

だけど、動揺する俺を見て白い歯を見せる先輩にこれだけは言っておかなければ。

「……いいですか、先輩。たとえ俺が女の子のパンツを見慣れていたとしても、先輩の下着には動揺しちゃうんです。だから、もっと自分を大事にしてください」

先輩に心臓を壊されるのを防ぐために、俺の保身のために告げた言葉だったのに、先輩は心なしか頬が少しだけ上気しているように見えた。

「……はーい。ごめんなさーい」

内心ではドキドキしまくっているくせに偉そうに忠告する俺に、先輩は従順に返事をしてから持っていたTバックを元の場所に戻した。

「そ、そういえばさ、隼くんは日和ちゃんのブラのサイズって知ってるの？」

「しっ……知ってるはずないじゃないですか！」

脊髄反射で否定してからハッとする。エッチしている関係でありながら胸のサイズがわからないなんて、なんたる矛盾だ。これでは俺と日和ちゃんがまだ「そういう関係」じゃないことが丸わかりじゃないか。

「あー、そっか。実際に見たり揉《も》んだりしていても、カップ数はトップとアンダーの差で判断するから、彼氏でもよくわかってないこと多いよねー」

冷や汗を掻《か》きまくる俺が何も言えない間に、先輩は一人納得したように頷《うなず》いていた。

……助かったのか？　胸を撫《な》で下ろす俺を見て、先輩は何か含んだ笑みを浮かべた。

もしかしたら先輩は、俺の見栄なんてすべて見抜いたうえで俺の反応を楽しんでいるのかもしれない。恐ろしい推測に辿《たど》り着いてしまった俺は、恥ずかしさから発狂したくなった。

だけど考えるのは後回しだ。このランジェリーショップで俺の知能指数は著しく低下している。余計なことを考えて墓穴を掘るのは避けたかった。

「……女の子の下着事情は、男には複雑すぎるんですよ」

苦しい言い訳でその場を逃れようとする俺を、先輩は見逃してくれた。

「あたしはさっき日和《ひより》ちゃんのサイズを知ったんだけどさー……あの子、着痩せするタイプだよね。隼くんなら知っていると思うけど、あの腰の細さであんな胸の大きい子はなかなかお目にかかれないよ。隼くんは果報者だねえ」

見逃してもらった代わりに与えられるにしては、とんでもない罰だ。

俺は今日からしばらくの間、日和ちゃんを見る度に悶々《もんもん》とした気持ちにさせられてしまうことが確定だ。

「そろそろ日和ちゃんも着替え終わった頃かな。本当は隼くんにも可愛い下着を着けた日和ちゃんを見てもらいたかったんだけどね。彼女に頑《かたく》なに拒否されちゃったから、ちょっとあたし一人で行ってくるね」

頭の中が煩悩にまみれてしまった俺を笑って、先輩は軽やかな足取りで去っていく。

以前から思っていたことだけど、確信した。

バイト先の仕事ができる優秀な先輩は、人をからかう能力が人一倍長《た》けているらしい。

ランジェリーショップの中心で一人の童貞が、立ち尽くすのだった。

【仲村日和の五月十四日】

隼くんの働いている姿を見て、彼のバイトが終わるのを待って一緒にごはんに行く。ただそれだけの楽しい日を想像して隼くんのバイト先に足を運んだ私がこんな事態に陥るなんて、誰が予想できただろうか。

ランジェリーショップの試着室で服を脱ぎながら、私はハンガーにかけてあるやたらと布面積の少ないブラとパンツを見て、一人で動揺していた。

こんなセクシーでエッチな下着、いつもなら絶対に選ばない。

ちはるさんが勧めてくれたこの下着を洗濯物に出したら、お母さんの目玉が飛び出てしまうかもしれない。彼氏ができたのかって聞かれたら、正直に言いたいけど……でも、エッチについて親に勘繰られるのはめちゃくちゃ恥ずかしい。

いろいろと考えながらようやく着替え終わったタイミングで、試着室の外からちはるさんに声をかけられた。

「日和ちゃーん。試着終わったー？」

「は、はい！　ちょうど今、終わりました！」

そう返事をすると、ちはるさんは素早く試着室の中に入ってきた。びっくりしたけれど、普通の洋服と違って大っぴらにカーテンを開けるわけにはいかないから、これが普通の対応なのかも。

「わー！　いいじゃん！　超可愛い！　似合ってるよ！」

ちはるさんがお店の人さながらに褒めてくれるから、自然に気分が上がっていく。単純かもしれないけれど、やっぱり嬉《うれ》しいものだ。

「ありがとうございます。背伸びしてる感はありますけど、可愛い下着ってテンション上がりますよね。……ブラがちょっとだけ大きいかな、という気がしますけど」

うんうんと頷きながらもじっと私の胸元を見つめていたちはるさんは、

「ちょっと失礼ー」

「きゃっ！　ち、ちはるさん⁉」

「サイズ確認だよ。日和ちゃんは普段、下着の試着はしない人？　普通ならお店の人がやってくれるんだけどね、今日はあたしにやらせて」

ブラの中に手を突っ込んできたちはるさんは、微調整を始めた。しなやかな指先に自分の胸が自在に変形させられている。耐性が少ない私は触られているのが同性とはいえども、変な声が出ないようにぎゅっと唇を固く結んだ。

もしかしたら隼《しゅん》くんが近くにいるかもしれない。そう考えたら、こんな格好でちはるさんに胸を触られているこのシチュエーションが恥ずかしくて仕方なくって、それなのにますます敏感になっていく自分の体が不思議だった。

「じ……実は初めてです。なんかこう、試着ってハードルが高くて……」

普通に返答するのも大変だったけれど、悟られないように努めた。

「ふむふむ。……うん、やっぱ思っていたよりおっぱいあるね！　くびれも凄《すご》いし、肌も張りがあってもちもちのスベスベ……これは男が溺れる体だわ」

「さ、触りすぎじゃないですか？　わ、私の胸とこのブラのサイズは合ってますか？」

「んー？　サイズ確認はとっくに終わってるし、普通はこんなにモミモミしないよ？　これはあたしが触りたいから触ってるだけー」

潔《いさぎよ》いセクハラの告白だった。

「ブラが大きいかもって言ってたけどさ、胸を正しくカップ内に収めればピッタリになるからいいと思うよ。若いうちからサイズの合うブラを着けないと、将来体型が崩れていっちゃうからね。今度からちゃんと試着した方がいいよー」

「そ、そうします！　いろいろ教えてくれてありがとうございます」

ちはるさんに対して「頼れるお姉さん」という印象が強く刻まれる。綺麗《きれい》で優しくて頼れるなんて、隼くんが尊敬している気持ちがよくわかる。

「素直でいい子だねえ。よーし、お近づきの印に、この下着はちはるお姉さんがプレゼントしちゃうぞー！」

「え⁉ そんな、悪いですよ！　ちゃんと自分で買いますから！」

「まあまあ、ここはあたしの顔を立てると思って。……それより、この下着をつけた日和ちゃんを見たら、隼くん大喜びしちゃうんじゃない？　ヤリすぎには注意だよ？」

「ヤッ、ヤリ……⁉　……は、はい。気をつけます……」

ちはるさんの言葉に心拍数を上げながら、胸元に再び視線を落とした。

試着室という閉鎖的な空間で、背伸びした下着を身に着けてアドレナリンが出ていたから、すっかり頭がお花畑状態だった。このセクシーな下着を着用した自分が隼くんとベッドの上にいる光景を想像してしまった。

隼くんは喜んでくれるだろうか。……隼くんはきっと、セクシーな下着なんて見慣れているだろうから彼をドキドキさせるのは難しい気もするけれど、だけどもしかしたら、ものすごく興奮してくれるかもしれない。

そうなったら……私は押し倒されちゃったりする？　可愛い笑顔が印象的な隼くんの、

余裕のない表情とか見られるのかな？

「日和ちゃーん。戻っておいでー」

ちはるさんの声にハッとする。全身鏡に映っている真っ赤な顔をした私を見て、ちはるさんは私の妄想を見透かしているかのようにニヤリと笑った。

「隼くんが羨ましいねえ。最後に……えい」

後ろから思いっきり両胸を鷲掴《わしづか》みにされて、今まで我慢していたのについ声を上げてしまった。

【鏑木隼の五月十四日　二十時二十五分】

買い物が終わり、俺と日和ちゃんはちはる先輩を改札前まで見送った。

「ありがとねー今日は楽しかったー！　日和ちゃん、またライツに顔出してね！　あたしがいるときに！」

「こちらこそ楽しかったです。プレゼントまでしていただいちゃって、本当にありがとうございました」

日和ちゃんはそう言って、先輩に一礼した。

「あたしのおススメが日和ちゃんに気に入ってもらえて嬉しかったたし、それに何よりこうして出会えた記念にね！　隼くんも喜んでくれるだろうし、二人のデートを邪魔しちゃったことは水に流してね！」

「流すも何も、俺も先輩と一緒に買い物できて楽しかったですし、別に怒ってなんかないですって」

「そう言ってくれると嬉しいなあ。次のバイトは水曜かー。頑張ろうね！　じゃね！」

改札の中に吸い込まれていく先輩を見送ってから、俺と日和ちゃんは先輩とは反対方向のホームの椅子に座った。日和ちゃんを家に送るまでのおよそ三十分、ここから先は二人だけの時間だ。

「……今日はごめん。せっかくバイト先まで来てくれたのに、振り回しちゃって」

「ううん、謝らないで。最初はあのテンションにビックリしたけど……ちはるさんはすごくいい人だったし、一緒に買い物できて楽しかったよ。明るくて優しくて、奔放な人かと思っていたら実際は私のことをよく気にかけてくれて……私も二十歳《はたち》になったらあんな感じになっていたいな」

こんな短い時間でも先輩の魅力が日和ちゃんにも伝わっていたことに、不思議と俺は嬉しくなった。

俺の中にはどうやら、先輩を自慢したい気持ちがあったみたいだ。先輩は俺に日和《ひより》ちゃんを紹介してと言っていたけれど、俺も日和ちゃんに先輩を紹介したかったらしい。

「……隼くんはさ……今日私がプレゼントしてもらった下着、どんなやつか気になる？」

「へ⁉　……うん、そりゃあ、まあ……」

馬鹿みたいに正直に答えると、日和ちゃんはくすりと笑った。

「ふふ、内緒。でも実はね、ちはるさんが『このまま着て帰るといいよ』って言ってくれたから、私今、ブラだけ着けてるんだよ」

「そ……そうなんだ」

透けて見えるわけではないけれど、なんだかドキドキする。日和ちゃんはこれだけで俺が興奮するなんて思ってないんだろうな。

「あ、電車来そうだね」

黄色い線の内側まで移動して電車の到着を待っていると、ホームに入ってきた電車による風が日和ちゃんの髪の毛とスカートを靡《なび》かせ、シャツを膨らませた。

咄嗟《とっさ》に髪の毛を押さえた日和ちゃんの手から、鞄《かばん》が落ちた。落ちた拍子に中身が飛び出したため拾うのを手伝おうとしたとき……俺の視界に入ってきたのは、ランジェリーショップの袋から飛び出してしまった黒いレース……もとい、皮膚に触れる面積が少なそうなパンツだった。

硬直する俺の横で、日和ちゃんはものすごいスピードでパンツやら財布やら飛び出したものを鞄の中に詰め込んだ。

「……あはは……えっと……まあ、こんな感じのやつなんだけど……わ、忘れて？」

俺にとっては刺激が強すぎるそれは、瞼《まぶた》の裏に焼き付いてしばらくは離れないだろう。

平常時に戻らない心拍数を日和ちゃんに悟られないようにしたいけれど、所詮は童貞、顔が熱くなっていることは自覚している。

乗車中、俺は日和ちゃんと何を話したのか記憶にない。

——初体験まで、あと七十日——

第四話　二つのヤキモチ

【鏑木隼の六月十日】

一緒に帰る習慣が日常生活の一部として、すっかり溶け込んできた六月。

東京も梅雨入りして雨の降る時間が増え、教室でもなんとなく気怠《けだる》い雰囲気が漂う日々の中でも、俺は上機嫌で過ごしていた。

「じゃあ、今日もお願いします」

「うん。はい、どうぞ」

日和ちゃんは毎日傘を持ってきているけれど、俺と一緒に帰るときは必ず相合傘を所望する。肩をくっつけて、いつもよりゆっくり歩きながらお喋《しゃべ》りするこの時間が俺は楽しくて仕方がなかった。

いくら裾や肩が濡《ぬ》れようが、電車が混もうが、今年の雨は嫌いになれない。むしろ好きかもしれない。

「隼くんはこの間の中間テスト、どうだった？」

雨とは関係のなさそうな唐突な質問だと思ったが、先日晴丘高校《はれおかこうこう》では中間テストと二者面談が実施された。日和ちゃんの憂鬱そうな表情から察するに、おそらく先生に何か言われたのだろう。

「俺は一年のときより少し下がったけど、平均よりは上だったからまあいいかなって楽観視してる」

「私はねー、超順位下がっちゃった。先生にも注意されたし、何よりお母さんが口うるさくなっちゃったんだよね。隼くんは最近、勉強ってしてる？」

「宿題やるくらいで、自発的に勉強に取り組んでいるわけじゃないな。もう少し頑張らないといけないなーとは思ってるんだけどね。そういえば俺たち、一緒に勉強会とかしたことなかったね。今度俺んちでやろっか」

日和ちゃんは「えっ」と驚いたような声を上げた。

「……そ、それだと、私は勉強に集中できないと思う……」

ここでようやく俺も自分の発言の意味に気づく。「俺の家で勉強会しよう」はつまり、部屋の中で二人っきりになることと同義だ。

……まさか……俺今、日和ちゃんから「勉強はできないけどエッチはできるよ」みたい

な、遠回しなお誘いをされていたりして⁉

……まあ、違うよな。もしかしたらこの言動は、小悪魔的な台詞《せりふ》に俺がどう反応するのか試しているのかもしれない。

「そ、そうだね。俺も集中できる自信ないし、図書館でやろっか。俺の地元の図書館、自習室がわりと広いし綺麗で使いやすいんだ」

彼女の発言に同意しながら、あえて外での勉強を打診できるのが女の子に困っていない真のヤリチンってやつだろう。

「う、うん！　いいね、そうしよ！　……二年生になって急に周りも勉強するようになってきたし、来年は教室の中とかもっとピリピリした感じになるのかなー……晴高《はれこう》でもこんな感じなら、南高《なんこう》とか櫻女《おうじょ》とか、どんだけ意識高い生徒が揃《そろ》ってるんだろうね」

東南高等学校《とうなんこうとうがっこう》も櫻坂女子大学付属高等学校《さくらざかじょしだいがくふぞくこうとうがっこう》も、この辺りではずば抜けて偏差値の高い進学校で、俺が逆立ちしても入学できないような学校だ。

「俺の幼馴染《おさななじみ》が櫻女に入ったんだけど、マジでレベルが高くてビビるよ。授業の速さなんてもちろん晴高とは比較にならないんだけどさ、生徒の勉強に対する心構えっていうか、習慣からして全然違うっていうか……」

信号が赤になり足を止めた。ふと道路沿いのファストフード店に目をやると、軒下で雨宿りしている櫻女のセーラー服を着た一人の少女が視界に入った。

偶然にも、その黒髪ボブの小柄な少女は、俺がよく知る幼馴染だった。

「志乃《しの》ー！」

俺の方を向いた志乃は穏やかな微笑《ほほえ》みを見せた後、その表情がわずかに固まったように見えた。俺は日和ちゃんに「ちょっといい？」と許可を得てから、彼女を連れて志乃のところに向かった。

「こんなところで会うなんて珍しいよな。今日、塾は休み？」

「うん、休み。……えっと隼《しゅん》ちゃん、その人は？」

志乃の視線は俺ではなく、日和ちゃんを見ていた。

幼い頃から知る年下の女の子に紹介するのは気恥ずかしくもあったが、隠す理由なんてないし、むしろ可愛すぎる俺の彼女を自慢したいという浮かれた気持ちもあった。

「この人は仲村《なかむら》日和さん。同じ学校でさ……付き合ってる彼女なんだ」

「こんにちはー、仲村日和です」

明るい声色で日和ちゃんが挨拶すると、志乃の瞳が一瞬見開かれた。

「日和ちゃん、この子は深津《ふかつ》志乃っていうんだ。一個下で高校は違うんだけど、幼稚園から中学校まで一緒だった俺の幼馴染なんだ。ほら、さっき話した櫻女の！」

志乃は日和ちゃんに対して、ニコッと愛想《あいそ》よく微笑んだ。

「こんにちは。深津志乃といいます。隼ちゃんとは長い付き合いですが、彼女を紹介してもらったのは初めてなのでビックリしています。仲村さんって、すごくお綺麗《きれい》ですね。隼ちゃんにはもったいないくらい」

小さい頃は甘えん坊で泣き虫だったけれど、中学生になってからは頼られることが増え責任感の強さから後に生徒会長まで務めた志乃は、初対面の年上に対して怯《ひる》むこともなく落ち着いた挨拶をしてみせた。

「一個下!? 凄《すご》い、めっちゃしっかりしてる……!」

「昔はもっと泣き虫だったんですけどね。抜けたところのある隼ちゃんをフォローしていたら、しっかり者だなんて言われるようになっちゃったんですよ」

俺をからかうような発言をした志乃の頭に、軽めのチョップを入れた。

「こら志乃、彼女の前で俺を落とす発言は禁止だ」

「だって本当のことだもん。わたし、嘘《うそ》の吐《つ》けない性格なもので」

「それがすでに嘘じゃん！　この間家でバーベキューしたとき、お母さんに『玉ねぎも食べた?』って聞かれてさ、頷《うなず》いておきながら俺の皿に全部移しただろ」

幼い頃からの付き合いゆえ、家族間での交流も多い。先月バーベキューをしたときの話で盛り上がっていたら、日和ちゃんは俺の制服をぎゅっと摑《つか》んだ。

「二人はとっても仲がいいんだね！　いいなー、私には幼馴染っていないから羨ましい」

「そうですね……この年代の異性の幼馴染としては、珍しい方なのかなと思います」

日和ちゃんと志乃は微笑み合っているけれど、どこか気まずそうな空気が流れているように思うのは俺の気のせいだろうか。

志乃は俺の方を見て、小さく息を吐いた。

「隼ちゃん、そろそろ行ったら？　彼女と一緒にいるときに他の女と長々と喋るような彼氏は、嫌われちゃうよ？」

「そっか。じゃあ行こうかな。でも志乃、傘はないのか？　俺の貸そうか？」

「ううん、傘は持ってる。お母さんに車で迎えに来てもらうついでに買い物に行くから」

準備のいいしっかり者の志乃が傘を忘れるはずもないか。

「わかった。それじゃ、またな志乃」

「またね、志乃ちゃん」

「はい。仲村さん、また」

志乃に手を振って別れてから、俺たちは再び相合傘で歩を進めた。

さっきよりも強くなった雨脚の中では、俺の傘は防御力が低すぎる。日和ちゃんを雨から守れるように努力はしているものの、すっかり濡れてしまった日和ちゃんの制服や靴を見て申し訳ない気持ちになった。

「志乃ちゃん、すごくしっかりした子だね。櫻女だし、頭もいいんだね」

「そうなんだよ。可愛いし頭もいいし、自慢の幼馴染なんだ」

「隼くんの小さい頃を知っているなんて、羨ましいなー……」

「そう？　俺のガキの頃なんて冴《さ》えないっていうか、たぶん面白くな——」

傘の中で日和ちゃんは俺の左腕に手を絡《から》ませ、体を密着させた。

突然腕を組まれて内心ではめちゃくちゃドキドキしながらも、可愛いやら嬉《うれ》しいやらで緩みそうになる頬を奥歯を噛《か》んで必死に堪《こら》えた。

傘を持つ左腕にかかる幸せな重みと温かさと胸の柔らかさに、心臓の音がどんどん大きくなっていく。ヤバい。日和ちゃんに聞こえてしまう。

「……雨、強くなってきたね。……もっとくっついても、いい？」

「い……いいよ」

いつもより多く触れ合っている左半身が、熱くなる。

心臓の音と雨音で、世界には俺たち二人だけしかいないような気がしてくる。

「隼くんってさ、今までどれくらい告白されてきたの？」

「え？　どうしたの急に？」

「いいじゃん。気になったから」

正直に答えた方がいいのか、答えない方がいいのか、女の子とお付き合いの経験がない俺には正解がわからない。雅久斗《がくと》なんかは彼女の前で元カノの話をしてしまって激怒されたみたいな話をよくしているけど。

「んー……真剣なやつは、三十人くらいだと思う」

下手に取り繕うよりも正直に言った方が誠実だと思った。女の子のプライバシーもあるから多少ぼやかしたけれど、告白してきてくれた女の子の顔と名前は記憶している。彼女たちの気持ちに対して応えてあげることはできなくとも、それくらいの誠意は持っていたいとは思うから。

「やっぱり多いんだね……じ、自分の彼氏がモテるっていうのは……う、嬉しいね」

俺は日和《ひより》ちゃんがモテているところを見ると不安な気持ちになることもあるけれど、数多くの恋愛をしてきたであろう日和ちゃんは、俺が過去に何人に告白されていようが余裕があるみたいだ。

さすが、経験豊富なだけある。俺もその思考を見習っていきたい。……発言とは対照的に彼女の微笑みがどこかぎこちないように見えたのはきっと、俺に都合のいい解釈だろうな。

「そう、かな。でも、今の俺は日和ちゃん一筋だからね。不安にならないでほしいな」

でもいくら日和ちゃんが気にしていないように見えても、彼氏としては彼女を安心させる義務を怠ってはいけないと思う。

「……ありがと、隼くん。嬉しい言葉もらっちゃった。そうだよね、私……隼くんの彼女なんだよね」

日和ちゃんは俺の腕に込める手の力を、少しだけ強めた。

「……歩きにくいだろうけど、今日はこのまま家まで帰ってもいい？　……だって私、隼くんの、その……彼女だし」

癖毛の俺にとって、梅雨の時期は髪の毛がうねりまくるから一年で一番苦手な季節だった。だけど今年からは一番好きな季節に昇格だ。

「なんなら、もっとくっついていいよ。その方が俺も嬉しいし」

手を繋《つな》ぐのも好きだけど、腕を組まれるのも最高だ。

天気予報では明日も雨だと言っていた。すでに明日が楽しみで仕方がない。

――初体験まで、あと四十三日――

☆

その日の夜、志乃が家にやって来た。

「外、まだ雨降ってるよ。天気悪いと頭痛くなるから嫌なんだよね」

俺の部屋に来たときの志乃はベッドの上を定位置としている。今日もいつもと同じように腰掛けながら、俺が手渡した麦茶の入ったコップを「ありがと」と言って受け取った。

「大丈夫か？　っていうか、今日はどうした？　一人で来たのか？」

「うん。あのね……」

志乃は持参した鞄《かばん》の中から、勉強道具一式を取り出した。

「今日は隼ちゃんに、勉強教えてほしいなって思って」

「えー？　櫻女の生徒に俺が教えられることなんて、何もないぞ？」

この頭のいい幼馴染《おさななじみ》は地元で一番の進学校に通い、学校の勉強に塾に毎日とても忙しそうにしているが、家同士の繋がりがあるため一緒にごはんを食べたりおすそ分けに来てくれたりと、わりと顔を合わせている。

だけど志乃《しの》が高校生になってから「勉強を教えてほしい」なんて言ってくるのは初めてだ。俺に先生が務まるのかは大いに不安はあったが、年上としてのプライドと頼りにされているというプレッシャーが俺の背筋を伸ばした。

ローテーブルの上を急いで片づけて、志乃の勉強道具を置かせた。

「わたし、正弦定理苦手みたい」

よりによって数学か……。俺の一番苦手な教科だったが、やるしかない。

「じゃあ、やるか。まずは持ってきた問題集を進めてみてよ」

家庭教師（?）としての時間がスタートした。

俺の隣に座る志乃が問題集を解いている間に教科書と解説を見て、聞かれたことに対して答えられるように必死に予習する。正弦定理って晴高《はれこう》じゃ一年の二学期に習ったと思ったんだけど、やっぱり櫻女《おうじょ》は進みが早いんだな。

「ねえ、これってどうやって解くの?」

「えーっと、これは……」

ほとんど解説に書いてある内容をそのまま伝えただけで、志乃は頷いた。

「わかった。やってみるね」

何度か同じようなやり取りが続くと、心の中に疑問が浮かんだ。

俺の決して丁寧とはいえない解説だけで淀《よど》みなく問題が解けるなんて、おかしくないか？　もしかしたら志乃には最初からわからない問題なんてないんじゃないか？

だったらどうして、俺に勉強を教えてほしいだなんて依頼してきたのだろう。

一度も悩むことなくすらすらとシャープペンシルを走らせている志乃とは対照的に、俺はその理由が全くわからなかった。……俺の思い過ごしかもしれないし、問題を解いている志乃の表情は真剣だったから、疑問を問いかけることはしなかったけれど。

問題集に視線を落とす志乃を眺めた。

志乃の黒髪は俺とは正反対で、真《ま》っ直《す》ぐで艶があってとても綺麗だ。

「志乃、前髪切った方がいいんじゃないか？」

目に入りそうな前髪を人差し指で掬《すく》い上げると、志乃の猫みたいな瞳に見据えられた。

「いいの。伸ばしてるから」

「邪魔じゃない？　目も悪くなるぞ？」

「大人っぽくなろうと思って」

端的な回答の後、再び部屋の中にはシャープペンシルの芯が紙を引っ掻《か》く音だけが響く。

せっかくだし、俺も一緒に勉強しようかな。志乃の勉強の予習は必死にやらなくても、軽い解説だけで理解してくれるから大丈夫だろう。まだ手をつけていなかった学校の課題を鞄から取り出して取り掛かった。

いつもなら開始十分くらいでスマホに手が伸びる俺だけど、今日は不思議と集中できた。そういえば、中学生の頃もそうだったな。志乃と一緒に勉強しているとなぜか脳のシナプスがあちこち繋がって賢くなった錯覚に陥るから、自分の勉強も捗《はかど》ったっけ。

懐《なつ》かしさを覚えながら黙々と課題に取り組み、どれくらい経《た》っただろうか。気づけば志乃のシャープペンシルが止まっていた。

「……わたしと別れた後さ、隼《しゅん》ちゃんと仲村《なかむら》さん、相合傘でイチャイチャしてたね」

志乃の発言に大いに動揺してしまった。

「み、見てたの？」

「まあ、わたしと会った後の仲村さんの気持ちはわかるし、あんまりこういうことは言いたくないけどさ。でももう少し、周りの目を気にした方がいいんじゃない？　中には不快に思う人もいるんだろうし」

「……そっか、そうだよな……」

「……あ。ご、ごめん。隼ちゃんを傷つけたくて言ったわけじゃないの。……ねえ、隼ちゃん。仲村さんとは、どうやって付き合ったの？」

「どうって……俺から告白して、オーケーもらったんだよ」

「華やかで可愛いし、いい人だったし……わたしとは全然違う感じの人だね」

そう口にする志乃がなんだか悲しそうな笑みを浮かべたから、小首を傾《かし》げた。

「志乃とはタイプが違うけど、志乃だって十分可愛いよ？　比べる必要なんてないって」

頭をポンポンしながら思っていることをそのまま伝えると、子ども扱いされて恥ずかしかったのか、志乃は顔を赤らめて俺から目を逸《そ》らした。

「……しゅ、隼ちゃんは……仲村さんとのお付き合いの中で、何か悩んでいることとかある？　お、幼馴染として……相談に乗るよ？」

「えっ？　うーん、そうだなあ……」

突然のことで少し面食らったものの、俺にとってはありがたい申し出だった。

雅久斗ではなく女の子に聞きたかったことで、俺のことをヤリチンだと思っている学校の女の子たちやちはる先輩には言えない悩みを抱えていたから。

「……彼女に対して……どのくらいの距離感を保てばいいのかわからない、かも」

見栄《みえ》を張って生活している俺は、日和ちゃんの前でも格好つけたがる傾向にある。クールで余裕のある男をアピールしたい気持ちばかりが先行して、自分からどこまでスキンシップというか、触れていいのかわからない。引かれたらどうしようと不安になってしまう。

「一般論とは言い切れないかもしれないけれど……好きな人からはわかりやすい好意を見

せてもらいたいって、わたしは思うけどな。くっつかれたり、触られたり……距離感は近い方が嬉《うれ》しい女の子は多いんじゃないかな」

「そ、そうなのか？　志乃もそう思うってこと？」

「うん。……たとえば、隼ちゃんが『膝枕してほしいな』って頼んできたとしても、わたしは素直に応じるし可愛いと思うし」

「……ん？　今の理屈でいくと、俺は志乃の好きな人ってことになるけど」

「……好きな人っていうのは、イコール恋愛対象とは限らないでしょ。猫ちゃんにスリスリされて嫌がる人が少ないようにね。偏見だけど」

俺は猫と一緒の扱いか。恋愛対象どころか人間扱いされていないことに苦笑していると、正座した志乃が俺を見ながら太ももを軽く叩《たた》いた。

「というわけで、はい」

「どゆこと？」

「慣れてないなら、距離感詰める練習をわたしとしてみようよ。……膝枕してあげる。こっち来て」

日和《ひより》ちゃんはもちろん、女の子に膝枕されるなんて経験したことがないから、相手が志乃とはいえめちゃくちゃ緊張するし躊躇《ためら》ってしまうんだけど……本当に大丈夫なのかな。

ちらりと志乃の表情を窺《うかが》うと、いたって真面目な顔をして俺を見ていた。

「……重かったら、言ってくれ」

なんだか志乃の様子がいつもと違う？　なんて疑心を少し抱きながら、志乃の方を見ないようにそっと頭を載せた。細い脚からは想像もつかない弾力に感動して思わず声が出そうになったが、必死に抑える。

「どうですか？」

「……とてもいいものだと、思います」

「そうですか。今日は甘えちゃっていいですからね」

なぜか互いに敬語になりつつ、頬に感じる張りのある柔らかさに、自然と心が癒《いや》されていくのを感じていた。これが膝枕の力か……志乃が俺の頭を撫《な》でてくるのも、普段の俺なら恥ずかしがっていると思うのに、今は心地よくてされるがままになっていた。

「じゃあ、そろそろこっち向いてください」

「えっ？　……えーと……？」

志乃が視界に入らない体勢だからなんとかなったけれど、反対側は無理じゃないか？　近すぎると思うんだけど……大丈夫だろうか？

「……は、はい。わかりました」

もし日和ちゃんにも膝枕をしてもらえる流れになったときに、慣れている感じを出す必要がある。貴重な機会を逃すわけにはいかないという建前と、膝枕が想像以上に良かったという本音。後者の理由を悟られないように平常心を心がけて、志乃の方を向く。

やっぱり、思っていた以上に近い。堪えられなくて目を瞑《つぶ》ると、再び志乃の手が俺の頭を撫でてくる。

「一つ、確認してもいい？　……これって、仲村さんともしていないこと、なんだよね？」

髪を梳《す》かれる気持ち良さに脱力している最中に、志乃が静かに話しかけてきた。

「うん。女の子に膝枕されるのも頭を撫でられるのも、俺の人生で志乃が初だよ」

「……ふーん、そっかあ。わたしが初めてなんだ……」

なぜか、志乃の声が嬉しそうに聞こえた。

「ね、どうだった？　女の子に甘えてみて」

「うん……すごくいいかもしんない。癒されるし、安心する。もしかしたら、相手が志乃だからかもしれないけどさ」

「隼ちゃん、それ……わたしにとって、すごく嬉しい言葉かも……」

志乃みたいにリラックスできる相手だったからこその、癒し効果かもしれない。相手が

日和ちゃんだったらやっぱりもっと緊張して、こんな風に話す余裕も持てない気もする。

……だけど、だからと言って志乃にばかり甘えるっていうのはやっぱり違うよな。

「……ありがとな、志乃。俺はいつも志乃に助けられてばっかりだ。……日和ちゃんの前ではもっとしっかりしないとな。頼れない彼氏ってやっぱり格好悪いし」

感謝を告げてから、数秒。

耳に息を吹きかけられて、思わず声が出てしまった。

「ビ、ビックリした！　いきなり何すんだよ志乃！」

体を起こして抗議する俺に、志乃はふいっと目を逸らして呟《つぶや》いた。

「……今、仲村さんの話はしないで」

さっきまでは楽しそうにも見えた志乃の機嫌が突然悪くなった理由がわからず小首を傾げた俺を、志乃は「察してよ」と言わんばかりに軽く睨《にら》みつけてきた。

「……急に紹介されても、困るから」

「……あ、今日のこと？　ごめん。でも志乃、ちゃんと挨拶できていたと思うよ？」

「あの短い時間で必死に頭を回転させたから、疲れちゃったよ。『いつも隼ちゃんがお世話になっております』だなんて言ったら、マウント取っているみたいで嫌な女になっちゃうし、無難すぎると素っ気なくなっちゃうから嫌われてるかなって思われちゃうし、ああいうのが一番難しいんだからね」

年上のプライドがどうとか偉そうなことを考えていたけれど、そんなものは端《はな》からなかったようだ。めちゃくちゃ気を遣われていた事実に反省する。

「本当ごめん。俺、いつも志乃に迷惑かけてばっかでダサいよな。でも、感謝を忘れたことはないし、いつだって妹みたいに大事な存在だって思ってるよ」

手を合わせて丁寧に謝ると、志乃は小さく溜息《ためいき》を吐《つ》いた。

「……迷惑だなんて思ってないし、ダサいとも思ってないよ。っていうか、中学校を卒業するまではこんなに垢抜《あかぬ》けたイケメンじゃなかったのに……なんでこんなことになっちゃったんだか」

ほんの少し棘《とげ》を感じる言葉に、苦笑いするしかなかった。

「高校デビューしただけで元々は瓶毛眼鏡の地味な俺に、あんな可愛い彼女がいるのが不思議ってこと？」

「ううん、地味だったけど昔から隼ちゃんはモテてたよ。誰にでも分け隔てなく優しくて、誠実だったもん。そうじゃなきゃ……ただ容姿が垢抜けただけで中身が格好悪かったら、モテるはずないし。だからこそわたしは……わたしの、いらない心労が増えちゃったってこと」

突っ込み待ちの発言だったのに、志乃《しの》から返ってきた意外な評価に目を瞬《しばたた》かせた。

「……隼ちゃんは仲村さんのことが、好きなんだよね？」

真っ直ぐな瞳を向けられる。その問いかけには間髪を容《い》れずに、即答できる。

「好きだよ」

「……そう、わかった。そろそろ勉強に戻ろうか」

ノートに視線を戻して再びシャープペンシルを動かし始めた志乃の横顔には、これ以上の私語は禁止すると言わんばかりの迫力があった。

俺も課題の続きに取り掛かろう。志乃と同じように姿勢を正して、問題を読んで……。

「……なあ、志乃」

「なに？」

「……これ、わかる？」

年上の威厳とやらが元々ゼロだと判明した今、何も恥ずかしいものはない。

「……隼《しゅん》ちゃんの、馬鹿。……自分から聞いちゃったわたしはもっと、馬鹿だけど」

後半は小声で聞こえなかったけれど、こんな簡単な問題もわからないのかと弄《いじ》られたのだろう。「わかってるよ」と苦笑いをしながら志乃を見た俺は、拗《す》ねたように頬を膨らませる彼女の表情がどうしてか嫉妬に近いものに思われて、再び小首を傾げた。

第五話　ラブホでやること

【仲村日和の六月十三日】

私の話を一通り聞いた咲《さき》は、「なるほどねー」と言って腕を組んだ。

「やっぱ、鏑木《かぶらぎ》くんってモテるんだね。その幼馴染《おさななじみ》の子って、どう考えても鏑木くんのこと好きじゃん」

「……やっぱり、そう思う？　あー、大人げないことしちゃったなー……」

一個下の隼くんの幼馴染の女の子にめちゃくちゃヤキモチを焼いて、不安で隼くんに触れたくなっちゃって雨を言い訳にして無理やりくっついたなんて、思い返す度に両手で顔を覆ってのたうち回りたくなってしまう。

そのくせ隼くんの前では余裕のある彼女を演じたくて、胸の中で疼《うず》く嫉妬を隠しながら振る舞っていたなんて、あの場に咲がいたら爆笑されていたに違いない。

「大人げないって……日和《ひより》だってまだ子どもじゃん。偉そうなことは一回くらいセックスしてから言いなよ」

「ちょっと咲⁉　声大きいから！」

慌てて周りを見回した。昼休みの中庭は案外穴場で、私と咲以外の生徒は少し離れた場所にまばらにいる程度だった。

あんな噂《うわさ》のある私が実は処女だということは、親友である咲しか知らない。もし今更私に性経験がないって学校の皆にバレたら、私と皆の人間関係が大きく変わってしまうだろう。落胆されたり、嘘《うそ》吐き呼ばわりされたりはしたくない。

たぶん聞こえていないだろうと胸を撫で下ろして、話を再開する。

「しょ……処女なのは今関係なくない？　私が言いたいのは、年齢の話であって……」

「何もごもご言ってんの。なんなら、バイト先の先輩も怪しいからね。その人にとって今は鏑木くんは可愛い後輩としか思っていなくても、何かきっかけがあればすぐに恋愛感情に変わるよ。そうなったら最後、彼も所詮は性欲お化けの男子高校生……あっという間に誘惑に負け、肉体関係を持って周りから固められて、ヤリチンとはいえ責任感の強そうな彼は責任を取るべく日和に別れ話を……」

「ストップストップ！　なんでそんな悲しい予想するの？　聞きたくないんだけど！」

「日和がいつまでも関係を進展させようとしないからでしょうが」

呆《あき》れたように話す咲の言うことも一理ある。だけど、六月に入ってもまだ処女を守っている現実には自分でも驚いていた。

私にとって完全に想定外だったのは、ヤリチンと言われている隼くんが私に全く手を出そうとしてこないことだった。

もし隼くんが私を求めてきてくれるなら、ちゃんと応えるつもりではいる。っていうか、付き合ってもう二ヶ月くらい経《た》つのに、まだキスすらしていないなんて変？　ヤリマンって噂されている私と付き合っているのにもかかわらず、一向にエッチな雰囲気にならないっていうのはどうなの？　女の子に不自由していないイケメンって、こんなに余裕があるものなの？

キスもエッチも早い遅いの基準がわからない私が咲にこっそり相談したときは、いつも気だるげな咲にしては珍しいくらいの大声を出されて驚かれた。

「鏑木隼と付き合うっていうのは、そういう覚悟が必要なんだってわかった？　モテる男っていうのは競争率が高いの。ボヤボヤしてたり彼女って立場に油断して胡坐《あぐら》をかいているようじゃ、あっという間に他の女に攫《さら》われていっちゃうんだから」

「……それは咲の実体験からの教えですか？」

散々脅されて少しだけ仕返ししたくなった私のささやかな反撃は、的確に咲の急所を突いたようだった。咲の表情は一瞬にして暗くなり、背景に黒い怨念が見えるほどに邪悪に口の端を吊《つ》り上げた。

「……そうよ！　あーもう！　思い出したらまたムカついてきた！　何が『今はサッカーに集中したいから』だよ！　問い詰めたらあっさり浮気《うわき》して他の子に乗り換えたことを認めやがって！　ムカつくー！」

つい最近他校の彼氏と別れたばかりの咲は、時折こうやって荒れる。別れた理由は今咲が全部自分で喋《しゃべ》っていたけれど、こんな話を聞いてしまうとつくづく、好きな人が自分を一番好きでいるのが前提の恋愛ってとても難しいんだなと思う。

「今はまだ引きずっているかもしれないけど、咲はもっと誠実で優しい人を選んだ方がいいよ。咲が好きになる人っていつも女の子にだらしない印象あるし」

「……わかってる。でもあたしは、誠実で優しいだけの男にときめかない。自分の本能のままに恋愛したい。だから傷ついてもあたしのやりたいようにやるの」

咲の恋愛観は私には刺激が強すぎるけれど、隼くんに一年以上片想《かたおも》いしておきながら連絡先の一つも聞けなかった私からすれば、見習いたいと思うこともたくさんある。狼《おおかみ》に憧れる犬の気持ちというか、格好いいなって素直に思っている。

「咲はさ、やっぱカッコイイよ。咲が現役モデルとかだったら、今の発言は雑誌で『加賀《かが》谷《や》咲の恋愛観』とか特集組まれるやつだし」

「なに馬鹿なこと言ってんの。とにかく、あたしはもうストレートに誘うのもアリだと思うんだよね。鏑木くんの部屋にでも遊びに行ったときに『シよ？』って言って、ベッドに引きずり込むだけじゃん？」

「ハードルが高いよ！　簡単にできることじゃないって！」

想像しただけで顔が熱くなる。私が女優だったとしてもやれる気がしない役柄だ。

「腹を括《くく》れば簡単でしょー？　それに日和の顔と体なら、どんな男でも一撃必殺だと思うんだけど……ねえ？　森《もり》もそう思うでしょ？」

「ああ。仲村《なかむら》日和に誘われて反応しない男がいたのなら、そいつはきっと不能だ」

突然降ってきた男の人の低い声に振り向いて顔を上げると、背後に隼くんの友達の森雅《が》久斗《くと》くんが立っていた。

「も、森くん⁉　え⁉　いつから話を聞いてたの⁉」

「雑誌で特集組まれるやつ、あたりから」

マジか。頭を抱えるしかないパターンだ。

「あーもう最悪！　バカな話もエッチな話の方も聞かれてるじゃん！　やめてよー！　隼くんには絶対言わないでね⁉　こんなさ、作戦みたいなこと話しているってバレたら引かれちゃうよ！」

「引くわけない。むしろ興奮するから大丈夫だ」

隼くんとセットで「晴高《はれこう》のヤリチンコンビ」と言われている森くんは、言動の節々からチャラい感じが伝わってくる。

「森はウチらになんか用事あるんじゃないの？　ただのナンパ？」

「ナンパのような、違うような？　あのさー、今週の土曜空いてる？　オレと隼、そんで仲村と加賀谷の四人で遊びに行かね？」

意外な提案だったが、私はすぐに「行きたーい！」と口に出していた。

隼くんと咲が仲良くなるきっかけになるし、私は森くんから隼くんのいろんな話を聞くチャンスにもなるからだ。

「ね、咲は？　行こ？」

「……じゃあ、日和の彼氏をこの目で見定めるためにも行こっかな」

咲は基本的にインドア派なのに、二つ返事で了承してくれた。

喜びで私の顔はわかりやすく輝いたのだろう。咲も森くんも私を見てクスリと笑った。

「よし、決まりだな！　隼の予定が空いてんのは確認済みだし、行き先は四人で遊べそうな場所をオレが適当に決めとくわ」

「ありがと森くん。楽しみー！」

私がうきうきしながら早速隼くんに『四人で遊びに行くの楽しみ』なんてメッセージを打っている間に、二人は何やらコソコソと話していたけれど、浮かれていた私は気に留めなかった。

「仲村はオレになんて呼んでほしい？　なかむーとか、ひよりんとか？」

「どっちも馴染《なじ》みがなさすぎて抵抗感あるー。普通に仲村でいいよ？」

「じゃあなかむーね。オレのことはガックンって呼んで」

「えー？　聞いた意味あった？　そういえばさ、森くんと咲は親しげだけど元々友達だったの？　接点なさそうだったから意外」

ガックン呼びをスルーして話題を逸《そ》らした。

「ん？　たった今友達になったところだ。というわけでカガヤン、連絡先交換しようぜ」

「誰がカガヤンだ。っていうか、あたしには選択肢はないの？」

私も人見知りするタイプではないし人と話すのは好きな方だけど、なんというか陽キャ特有のノリというか空気というか、そういうのに付いていけてないなと感じることはたまにある。まさに今みたいに、出会って二分で連絡先を交換できちゃうところとか。

「じゃ、詳しいことはまた連絡するわ。……あ、なかむー」

森くんは私に親指を立てて、白い歯を見せた。

「なかむーが純潔だってこと、隼《しゅん》には言わないから安心してくれ。じゃなー」

私の心を大いに乱す爆弾を落とした森くんは、私が戸惑っている間に颯爽《さっそう》と去って行ってしまった。

強面《こわもて》なのに口調や行動は軽い。でも面白いし親しみやすいし、私の秘密を知っても大きなリアクションをせず隼くんには黙っていてくれるという、私がもっとも求めていることを言わずとも悟る察しの良さ。

隼くんの親友っていう贔屓目《ひいきめ》で見ていることもあるだろうけれど、いい人なんだろうなって思った。

「……ねー咲。ヤリチンって伊達《だて》じゃないんだね。隼くんとはタイプが違うけど、森くんの雰囲気ってなんかモテる感じするもんね」

「……チャラいし馬鹿っぽいけど、悪い奴《やつ》じゃなさそうね。日和が処女だってバレたのはアクシデントだったけど……なんか、あいつは大丈夫な気がする。鏑木くんに言わないって言葉、信じられるっていうか」

「うん。咲《さき》の男を見る目はあんまり信用できないけど、私もそう思う」

突っ込み待ちの発言に期待通りに反応してくれた咲の柔らかいチョップを、笑って受け止める。

「うっさい。とにかく、日和《ひより》は当日は何も考えずに、ただセクシーな下着を着てくるだけでいいよ」

「え⁉　後半部分めっちゃ気になるんだけど⁉　どういうこと⁉」

追及したけれど、結局教えてもらえることはなかった。


【鏑木隼の六月十八日】


アミューズメント施設「ブレイブシア」、通称ブレシアは、ボウリングにカラオケにビリヤード、ゲーセンにスポーツなど、あらゆる遊びが安価に楽しめる俺たち学生にとっては定番のスポットだった。

「ブレシアはデートで来るのももちろん楽しいけど、大勢で来るのもいいよな」

ボウリングのボールを選んできた雅久斗は、そう言って笑った。

「日和ちゃんと咲さんを誘ったって聞いたときは驚いたけど、ありがとな。日和ちゃんを含めた多人数で遊ぶのって、実はやってみたかったんだ」

「礼なんていらねえって。……それより、爪は切ってあるか？」

「俺は少しでも長いと気になっちゃうからいつも短いぞ。ボウリングって、爪長いと危険そうだしな」

雅久斗は大袈裟《おおげさ》に嘆息した。

「バッカ、違《ちげ》えよ。……ほら、これ」

周囲を見渡して女子二人がまだ戻って来ないのを確認した雅久斗は、俺に何かを手渡した。その二つの薄っぺらい小さな正方形がコンドームだと視認した俺が声を出せずにいると、

「今日、セックスできるといいな」

「……お前の頭の中にはそれしかないのか？　四人で遊んでいるのにそんなの、できるわけないだろ」

「ヤリチンたるもの……いや、男たるもの、いついかなるときもゴムは持ち歩いておくべきだ。つーか……ボウリングをするって事前にわかっていながらスカートを穿《は》いてくるってことはさ、仲村も気合入ってるって思っていいんじゃね？」

「……そ、そういう男にとって都合のいい解釈は下手すると命取りだから、考えないようにする。……俺に可愛いって思ってもらいたくて選んでくれたのなら、嬉《うれ》しいけど」

「慎重すぎても涙を呑《の》む羽目になるぞ。……お、仲村が戻ってくる。そいつは隠しておけ」

「お待たせー！　二人ともボール選ぶの早いね！」

明るい日和ちゃんの声が聞こえて、慌てて雅久斗から受け取ったブツをジーンズの尻ポケットに仕舞った。

黒いカットソーにチェックのスカートを穿いた日和ちゃんから、そっと目を逸らした。最初に彼女の私服を見たときは可愛いなとしか思っていなかったのに、雅久斗のせいで変に意識してしまう。

咲さんがボールを選んで戻ってきてから、俺たち四人はこの第一回ボウリング大会のルールについて話し合いを始めた。

「ビリだった人には罰ゲームとかどう？」

来た。誰かが言い出すと思っていた。恐れていた咲さんの提案に、俺は断固反対の姿勢で別の意見を主張する。

「反対！　負けた人に罰ゲームより、勝った人にご褒美《ほうび》の方が俺は好き！」

必死になる俺を、事情を知る雅久斗がニヤニヤして見ていた。

「なかむーはどう思う？」

「そうだねー、じゃあ二人の意見の間を取って、一番だった人が誰か一人を指名してなんでも命令できる、っていうのはどう？　必ずしもビリの人が選ばれるわけじゃないっていうのがポイント！」

運の絡《から》まない王様ゲームってことか。ビリが必ず辛《つら》い思いをするシステムじゃなくなったことで安堵《あんど》した俺は、おそらく有り得ないであろう自分の優勝を想像してみた。

もし俺が勝ったら、日和ちゃんに何を命令しようか……紳士的かつ、刺激もあって、皆を不快にさせない、面白い命令は……。

「超真剣に悩んでいるみたいだけど、オレがいる限りその必要はねえよ？」

俺の心の中を読んだかのように、雅久斗はそう言ってボールを手に持った。

「オレはボウリングガチ勢だからな。マジで勝ちにいくから！」

雅久斗は綺麗《きれい》な助走から本格的なフォームでボールを力強く放り投げた。重たそうなボールは勢いよく真《ま》っ直《す》ぐにレーンを走り、気持ちのいい音を立ててすべてのピンを吹き飛ばした。すなわち、ストライクだ。

「イエーイ！　気持ちいいー！」

「やるじゃん森《もり》ー！」

ハイタッチをする雅久斗《がくと》と咲さんは今日初めて遊ぶ仲だと聞いていたけど、すでに親しげだ。

「オレは自分の手で転がすゲームは得意なんだよな。ボウリングの玉も、女の子もそうじゃん？」

「やっぱ最低だわあんた。森にだけは勝ってほしくないなー、鏑木《かぶらぎ》くん！　頑張って！」

「隼くん！　頑張れー！」

女の子二人からの声援に手を上げて応えた。異性の前——というか、好きな女の子の前では格好いいところを見せたいのが男心だ。

息を吸って、吐く。確かボウリングはピンを見るのではなく、レーン上に描かれた三角を見ればいいと聞いている。俺は右から三番目とど真ん中の三角の間を通り抜けるように狙いを定めてボールを放り投げた。

しかし俺の手を離れたボールはガター一直線だった。溝に嵌《はま》ったボールは勢いよく直線上に進み、ピンに当たるなんて奇跡が起こるはずもなく……奥に飲み込まれていった。

やってしまった。後ろから聞こえてくる笑い声に振り返ると、案の定腹を抱えて笑う三人の姿があった。

「ホンット、隼はボウリング下手くそだよなー！　もうオレが勝ったようなもんじゃん！」

「投げるときのフォームが酷すぎ！　次動画撮らせて」

雅久斗と咲さんはイジってくるものの別に不快じゃない。むしろ、笑ってくれるなら俺の痴態も少しは報われるってものだ。

「笑いすぎだろ。ちなみに俺は、ボウリングだけじゃなくて球技は大体こんなもんだからな？　俺の運動能力を舐《な》めるなよ？」

さっきの雅久斗の持論が正しいのなら、自分の手でボールを上手《うま》く扱えない俺は女の子も全く上手に扱えないことになるな。別に俺は日和ちゃんだけに好かれていればいいから、そんなに器用じゃなくてもいいんだけどさ。……なんか、どう言っても言い訳みたく聞こえる。ちくしょう。

「よし、隼くんの仇《かたき》は私が取ろっかな！」

順番が回ってきた日和ちゃんは立ち上がり、不敵な笑みを浮かべた。

「日和ちゃん、ボウリング得意なの？」

「ふっふっふ。まあ、そこで見ていたまえ」

そう得意気に口にする日和ちゃんは、歴戦の勇者のように格好良かった。

俺たちにお尻を向けてピンを見つめる日和ちゃんの後ろ姿に、思わず見入ってしまう。細くてメリハリのある体の曲線美、白い脚、投球のため一歩ずつ歩く度に靡《なび》くスカート。もしかしたら下着が見えるかもしれないと無意識にその辺りを眺めている自分に気づき、妄想の中で俺は腹を切った。皆で遊んでいる最中に一体、何を考えていやがるんだ。

お手本のようなフォームから放られた日和ちゃんのボールは、雅久斗に比べると速さはないのに綺麗なスピンで美しい軌道のまま白いピンに当たり、見事に十本倒した。

「すげー！　日和ちゃん！」

エロいことを考えてしまった事実を忘れるくらい見事なストライクに興奮気味に拍手をする俺に、日和ちゃんは可愛らしいドヤ顔を見せた。

「でしょでしょ？　ね、私のこと見直した？」

「見直したっていうか、見惚《みと》れちゃったよ！　超カッコイイ！」

ハイタッチしながら本心を伝えると、日和ちゃんは驚いたように目を瞬かせた後、

「ツッコミ待ちだったから、そう言ってもらえてドキッとしちゃった……ありがと、嬉しい」

照れ臭そうに笑う彼女に、俺の方こそ胸がキュンとなる。

二人で顔を見合わせながら微笑《ほほえ》み合っていたら、雅久斗の声が割って入ってきた。

「惜しいなー！　パンツ見えるかと思ったんだけどな、見えなかったわ」

こ、こいつ……！　思うだけなら俺も同罪だから何も言えないけど、日和ちゃんの前で口に出して言いやがった！

日和ちゃんをフォローしなければと慌てる俺に、彼女は「大丈夫」と余裕っぽく笑った。

「ちゃんとスパッツで対策してるから平気だもんねー！　今日は私が勝つよ！」

パンツは見えなくとも、むしろ雅久斗のテンションは目に見えて上がっていた。

「いいね、ガチじゃん！　面白くなってきた！　次はカガヤンか！　自信のほどは⁉」

「面白くならなそうで申し訳ないけど、鏑木くん以上日和未満って感じ」

予防線を張る咲さんの自己分析は正しく、一ターン目はピンを五本倒してスペアは取れずという、なんとも微妙なスコアだった。

「なんだ、なかむー以外は敵じゃねーな」

「はあー？　あったまきた。ねえ鏑木くん、共闘しない？　森が投げる直前にあたしが奴《やつ》のズボン下ろすから、鏑木くんは後ろから抱き着いて動揺させて」

「その役割、普通逆じゃない？」

咲さんはいつも気だるげな印象が強かったけど、軽い冗談を言う人だということと負けず嫌いだという一面を知った。

個々の実力差はあったけれど、勝者は誰か一人を指名してなんでも命令できるという罰ゲームの設定は俺たちの勝負を大いに盛り上げた。残念ながら俺はビリ確定だったけれど、四人で笑い合いながら楽しい時間を過ごすことができた。

三ゲームを終えた結果、優勝は――。

「やったー！　一位だー！」

「くっそー！　たった九ピン差とか、誤差の範囲だろ！　同率優勝とかになんねえの⁉」

プロボウラーが激怒するような理屈で駄々を捏《こ》ねる雅久斗にピースサインを向けた日和《ひより》ちゃんは、勝者の笑みを浮かべていた。

☆

昼ごはんを食べるために、俺たちは近隣のファストフード店に移動した。

勝者の日和ちゃんは誰に命令するのかを決める権限を持っている。三人が緊張しながら勝者のお言葉を待つ中、彼女はついに口角を上げて長めのポテトで雅久斗を指した。

「じゃあ、私と熱い勝負をしてくれた森くんに命令！」

「え、オレ⁉　なんでだよ！　ぶっちぎりビリの隼《しゅん》になにか命令しておけばいいじゃんかよ！　彼氏なんだし！」

「勝者に逆らわないでくださーい！　じゃあ命令でーす！」

みっともなく抗議する雅久斗を一刀両断する日和ちゃんを見て、指名されなくて本当に良かったと思った。

たとえば勝ったのが彼女以外だったとしても、「経験人数は何人？」とか「今までで一番興奮したプレイは？」なんてどぎつい質問をされた日には、下手な嘘《うそ》も吐《つ》きたくないし、かといって正直に経験がないと言えば鏑木隼としての印象は崩壊してしまうし、途方に暮れるところだった。

「森くんだけが知ってる、隼くんの秘密を教えて？」

身構えていた雅久斗は拍子抜けし、対して油断していた俺は目を見開く質問だった。

「ちょっと待って。それだと雅久斗の罰ゲームっていうより、むしろ俺の罰ゲームじゃない？」

雅久斗が変なことを言ったらたまったもんじゃない。不安で焦《あせ》る俺は日和ちゃんへの説得を試みる。

「そーそー。もっとオレに興味を持ってくれよなかむー！　オレの秘密なら包み隠さず答えるぞ？　オレがモテる理由だとか、好きな女の子のタイプとかさあ」

「んー、森くんのは別にいいかな。隼くんのこと、教えて？」

話を逸《そ》らそうとしても無駄だと日和ちゃんの眼差《まなざ》しから察したのか、雅久斗は諦めたように頭を掻《か》いた。

「……なかむーがその質問でいいなら答えるけどさー……じゃあ、隼の秘密だけを話すのはちょっと気が引けるからオレの話も絡めるわ。……なかむー、カガヤン。一年のときの五月にさ、オレが謹慎処分を食らった話って知ってるか？」

雅久斗に「勝手に諦めんな」と突っ込もうとしたものの、こいつが何を話そうとしているのか察した俺は口を閉じた。

日和ちゃんは咲《さき》さんと顔を見合わせた後、かぶりを振っていた。公になった事件ではなかったし、知っている人は少ないのだろう。

「一年の男子トイレに煙草《たばこ》の吸い殻が落ちてたんだよ。オレが吸ったって証拠なんて一つもなかったんだけど、目撃情報があったらしくて。まあ、たぶん女関係でオレに恨みのある男の仕業だと思うんだけど」

シェイクを飲み込んだ咲さんは「あー」と言って、ふっと笑った。

「あんたに恨みのある奴って、男女共に結構いるもんね」

「まあな。……オレは素行が悪くて入学早々から教師に目を付けられていたから、もう端《はな》からオレが犯人だって決めつけられててさ。説明しても全然信じてもらえなくて、一週間の謹慎処分になった。そんでオレも不貞腐《ふてくさ》れちまって、家にいる間もずっと苛《いら》ついてて、もうこのまま退学になってもいいやって課題も何もやんなかったんだよ。そしたらさ……」

俺の顔を見た雅久斗《がくと》は照れ臭そうに、また目を逸らした。

「学校終わった後、隼が毎日家に来るようになったんだよ。そんで『俺は雅久斗が犯人じゃないって信じてる』って顔を合わせる度に熱く語り出すの。ウゼーよな？　たまたま同じクラスになって、なんとなく同じグループになっただけの、つるみ始めて一ヶ月ちょっとのオレにだぞ？　そんで必死に生徒の証言をかき集めて、ついにオレがそのとき街でデートしている現場を見たっていう奴を見つけてきてさ、教師たちを黙らせたらしいんだわ」

これが雅久斗の謹慎処分が大ごとにならなかった理由だ。

誤った処分は学校側の評判に関わるから先生たちは絶対に話題にしないし、表沙汰になっていない。雅久斗はそんな学校側の態度に最初の方は不服そうにしていたけれど、謝罪を受けたことと噂《うわさ》が広がらなかったことが逆に頭を冷やしてくれたみたいで、今ではこの話を穏やかに語ることができている。

「おい雅久斗、何度も言ってるだろ？　俺はただ皆の話を聞いて回っただけだ。大したことは何もしてないんだって。っていうか、その話のどこが俺の秘密なんだよ」

「スマートなイケメン、鏑木《かぶらぎ》隼には暑苦しい一面があるっていう秘密？　青臭い台詞《せりふ》と泥臭い行動が一昔前の青春映画並みだし」

「そう表現されるとめっちゃ恥ずかしくなってきたな……やっぱ、あのときお前を見捨てておけば良かったか」

軽口を叩《たた》き合う俺と雅久斗を見ていた日和ちゃんは、

「でもそういうのって、普通はなかなかできないんじゃないかな。私、隼くんのことますます好きになっちゃった」

そう言って俺を見つめて、嬉《うれ》しそうに微笑んだ。

雅久斗と咲さんもいる前でド直球な好意を伝えてくるだなんて、うっかりか天然か、あるいは俺の心臓を撃ち抜こうとしている策略か……いずれにしても、俺はしっかりキュンとさせられてしまった。

「そうそう。教師と戦ったところで負け戦になることが濃厚だし、森《もり》を庇《かば》った鏑木くんだって共犯にされるかもしれないし、メリットが少ないよね」

咲さんの発言に雅久斗は首肯した。

「でもな、隼は自分の損得でものを考えないんだよ。マジで信用できるし、そういうところがいいなって思ってる。だからオレはこの先何があっても隼だけは裏切らないし、何があっても味方するって決めてんだ」

雅久斗は俺を見て、ニカッと白い歯を見せた。

初めて雅久斗の口から聞いた本心。こそばゆいけれど、胸に温かいものが灯《とも》って気持ちが上向きになっていく。

言い換えれば、俺はとても嬉しく思っている。

「あー、珍しく真面目な話をしちまったから疲れた！　隼、秘密を話す名目でなかむーの前で株上げてやったんだから、後で口座に振り込んどけよ？」

「ひでえ詐欺みたいな真似《まね》すんな！　……そういうのは日和ちゃんのいないところで交渉してくれ。言い値で払う」

くだらないやり取りでオチを付けながらも、俺の方こそ雅久斗と長く友人関係を続けていきたいと改めて思った。おちゃらけてばかりの奴だけど、友人を傷つけるような嘘は絶対に吐かない。人として信頼できる奴なのだ。

「罰ゲームはこれで終了とします！　森くん、リベンジはいつでも受け付けるからね？　まあ、私がまた勝つんだけどね！」

「次は絶対に負かす！　オレが命令する罰ゲームはなかむーみたいに生易しくねえぞ？　腹括《くく》っとけ、超エロいやつかましてやるからな！」

「雅久斗お前、よく俺という彼氏の前でそんなこと言えるな……お前がいつか本当に刺されるんじゃないかって、俺は心配だよ」

　人として信頼できると許して一分もしない間に、手のひらを返しそうになった。

　身体的にも精神的にも雅久斗はなんのダメージも受けていない気がするし罰ゲームらしい罰ゲームではなかったものの、日和ちゃんの満足そうな顔が見られたことと、俺と俺の友達に興味を持っていてくれた事実が俺の頬を緩ませた。

「でも本当、素敵な話が聞けて良かったー。ボウリングじゃなくても、またこの四人で遊びたいな。そしたら私、また森くんから隼くんのこといろいろ聞けるのに」

　俺の顔を覗《のぞ》き込むようにしてポテトを齧《かじ》る日和ちゃんの頭を、軽く撫《な》でた。

「わざわざ罰ゲームなんか介さなくても、聞かれたらなんでも答えるよ。だって日和ちゃんは俺の彼女だしね」

　世の中の恋人同士がどういう感じで付き合っているのか、経験も知識も乏しい俺はよくわかっていない。だけど俺は、彼女には俺のことを全部知ってほしいし、彼女のこともできる限りは教えてほしいなと思っている。もしかしたらヤリチンらしくない思考なのかもしれないけれど。

「……じゃあ、これからは遠慮なく聞いていこうかな。隼くんのこと好きだから、もっと……知りたくなっちゃった」

照れたように笑う日和ちゃんの顔を見て、安堵《あんど》した。良かった、引かれたりはしていないみたいだ。

こうやって話してお互いのことをよく知って、それでも一緒にいたいって思える関係を築いていけたらいいななんて思っていると、

「そこの二人ー、イチャつくのは後にしてくださーい」

そう言って、スマホを触っていた咲さんは画面を俺たちに見せてきた。

「あたし行きたい場所あるんだー。ほら、ここ」

咲さんが行きたいらしい場所はどこかの部屋のようだった。大きなベッドが置いてあって、これまた大きなテレビがベッドの上から観《み》られるようになっている。ジャグジー付きのお風呂《ふろ》は好みの色の照明で楽しめるらしい。お、カラオケもあるみたいだ……で、これが休憩と宿泊の値段か。……え？

馬鹿な俺は、ようやく気づいて目を見開いた。

まさか、ここって……。

「あー、このラブホはおススメだわ。何回か行ったことあるけど、部屋で会計ができるし飯が美味《うま》いんだよ」

画面を見た雅久斗があっけらかんと、俺の予想していた答えを口にした。

「え？　……ら、ラブホ？　行くの？　……あ、いや、別に慣れてはいるけど……今から俺たちが四人で行くってこと？」

慣れているなんてとんでもない見栄《みえ》を張ったことに焦りながら、ちらりと日和《ひより》ちゃんを一瞥《いちべつ》した。彼女も心なしか動揺しているように見えたけれど、俺みたいにラブホっていう単語に慌てるはずもないし、もしかしたら元カレと行った場所だから避けたいのかも。

「多人数でラブホ行くなんて今どき普通だって。女子会とか流行《はや》ってるんだよ？　ほら」

咲さんが見せてきたSNSには、ラブホで楽しそうにパーティーをしている女子たちの写真がたくさんあった。

俺が無知なだけで今はこういう遊びもあるのか。確かに、誰かの家だと気を遣ってしまう騒音も気にせず、思いきり騒げるのは楽しいかもな。

「そーそー。内装は洒落《しゃれ》てるトコ多いし、食べ物持ち込んでも騒いでもお咎《とが》めなしだしさ。

そんな身構えるなって。行こうぜ隼《しゅん》ー。乱交しようって言ってるわけでもねえんだし」

「当たり前だろ馬鹿！　ラブホか……」

童貞の俺からしてみれば、複数の男女でラブホに入る行為に少々抵抗を覚える。だけどラブホで遊ぶメリットを二人に軽い感じで語られると、陽キャなら、そしてヤリチンならこれが普通なんじゃないかと思わされてしまう。

それにいつか本当に二人きりで日和ちゃんとこういう場所に行ったとき、狼狽《うろた》えたり緊張したりといった心理的負担が軽減されるかもしれない。今日は四人で入るわけだし、嫌がったり抵抗したりする方が変かもな。

たかがラブホってくらいに構えていなければ、童貞だってバレるかもしれないし。

「そうだな。じゃあ、行くか」

となれば、軽い感じで了承するのがベストだろう。

「日和もいいよね？」

咲さんに聞かれた日和ちゃんは、やはりそのホテルに嫌な思い出でもあるのかもしれない。いつもより少しだけぎこちない笑顔で答えた。

「うん、いいよ。でも……ひ、久しぶりだし忘れてるところあるかも。お願い咲、フォローしてね？」

「ふーん、忘れてる？　……はいはい。任せて任せて」

「咲《さき》が同じ単語を二回繰り返すときって大体、私をからかったり嘘《うそ》を吐くときだから不安なんだけど⁉」

二人の会話が少し気になったものの俺は自分のことだけで精一杯で、深く考える余裕なんてなかった。

☆

俺はラブホなんて右も左もわからない赤ちゃん状態だし、黙って雅久斗の後について行こうと思っていたのに、早くも想定外の事態が発生した。

最寄り駅に到着した俺たちが目的地のラブホに向かって歩いている最中、コンビニの前で雅久斗は足を止めた。

「オレとカガヤンはコンビニでお菓子とか買ってから後で合流するわ。隼となかむーは先に部屋に入ってて」

「え⁉　お、俺も一緒に買い出し行くけど？」

「別にいいって。ホテルは予約してるわけじゃねえんだから、早めに行って部屋空いてるか確認してこいよ。埋まってたら連絡して」

頼みの雅久斗《がくと》が急に一時離脱することになり、余裕ぶってはいるものの焦《あせ》りが生じる。

っていうかラブホって、部屋が空いていたら先に入っていてもいいの？　人数の確認ってしないのかな。クエスチョンマークがたくさん浮かんだが、下手に聞けばラブホ未経験だとバレそうで口を噤《つぐ》んだ。

俺に真偽は見抜けない。ここは、経験者の言うことに素直に従っておくのが最善だろう。

「わ、わかった。連絡するわ」

「じゃ、そういうことだから。鏑木くん、日和のエスコート頼んだよー」

咲さんに手を振られて、俺は腹を括った。

「ま……任せて。……じゃあ日和ちゃん、行こうか」

心臓は不安と緊張でバクバクなのに、また見栄を張って慣れている感を出してしまった。

「う、うん。咲、なるべく早く合流してね？　しゅ、隼くんとはラブホなんていつでも行けるけど、この四人で行くのなんて貴重な体験なんだから！」

俺とはいつでも行けるだなんて、さすが経験豊富な女の子は余裕がある。

ラブホなんて未知の世界に足を踏み入れる前に、日和ちゃんの前で童貞くさいボロを出さないよう注意しなければと気を引き締め直した。

コンビニ前で雅久斗と咲さんと一旦別れて、俺と日和ちゃんは二人で歩き出した。

ここ最近は二人きりの状況にも慣れてひたすら幸福を噛《か》み締める時間になっていたけれど、今は緊張の方が強い。

「あ、着いたみたい……」

スマホで咲さんに送ってもらった地図を見ていた日和ちゃんが、目的地への到着を告げる。ラブホ初体験であるはずもない彼女と一緒に、いや、やや先導する形でホテル内に入った俺の心臓は、童貞だとバレる緊張感と好きな子と来るには刺激が強すぎる意味での緊張感で、馬鹿みたいに早鐘を打っていた。

どうやらタッチパネルで部屋を選択できるらしい。咲さんが行きたがっていた部屋の番号は確か『三〇四』だったはずだ。あ、良かった、空いてる。……へえ、同じ内装の部屋っていうのはなくて、広さや仕様によって値段が変わってくるのか。

いつか日和ちゃんと「そういう目的」のために来られたら……。

「隼くん？」

パネルの前でトリップしていた俺は、日和ちゃんの声で現実に戻って来た。

「ご、ごめんごめん！　日和ちゃんと本当に二人で来るときはどの部屋がいいのかなーとか、いろいろ考えてた」

見栄と本音の両方を口にして素直に謝罪する。この言い訳で誤魔化せただろうか？

「ふ、ふーん、そっか。……ねえ、早く部屋、行こ？　咲と森《もり》くんが来るまでその……せっかく二人っきりなんだし……」

左腕に絡《から》みついてくる日和ちゃんに過去最高レベルでドキドキしながら、パネルを操作した。二人が来るまで、俺はちゃんと理性を保てるのだろうか。

狭いエレベーターに乗り、人気《ひとけ》のない廊下を歩いている間、心臓の音が聞こえてしまいそうで気が気じゃなかった。頭が現実味を帯びないままでも一歩二歩と足を進めていけば、余程の方向音痴でない限り必ず部屋には到着するわけで。

日和ちゃんの方を見られないまま扉を開いた。

視界に広がるその部屋は、まるで異空間のようだった。

「おー……すげー可愛い部屋だね」

洒落た模様の入った黒い壁紙。大きな白いベッドの横には真っ赤なダブルソファーが置いてある。っていうか、画像で見るのと生で見るのとでは全然違う。率直に言ってしまえば、「セックスをするための部屋」みたいな雰囲気をひしひしと感じる。

部屋の内観を視認した俺が内心で「ヤバい……」と慄《おのの》いている間に、慣れているであろ

う日和ちゃんは、

「私んちのベッドの三倍くらいふかふかだー！」

お尻を弾ませてベッドの弾力を確かめていた。

これは、隣に来てほしいってことなのか？　本当はベッドに近づくともっと鼓動が激しくなりそうで避けたかったけれど、息をするように自然に吸い寄せられるのがヤリチンとして正解なはずだ。

「そんなに？　お、本当だ。横になったら十秒で寝られそう」

だから俺はなんでもないように、笑って彼女の隣に腰掛ける。二人分の体重で沈むベッドの感触を味わっただけで、頭がおかしくなりそうだった。

俺が隣に座ると、日和ちゃんは少し照れたように微笑《ほほえ》んだ。

「隼くん寝ちゃうの？　十秒で？」

「一人で寝るときに限り、だよ。日和ちゃんと一緒のときに寝るわけないじゃん。そんなもったいないことしないよ」

せっかく二人きりになれたんだし、できるだけお喋《しゃべ》りしていたい。日和ちゃんも同じ気持ちでいてくれたらいいなと思って微笑みかけると、彼女はなぜか頬を赤らめて恥ずかしがっているように見えた。

どうしたのか尋ねようとした瞬間、ポケットに入れていたスマホが震えた。きっと雅久斗だろう。

「雅久斗たちが着いたのかも」

安堵《あんど》の気持ちで開いたメッセージには、

『オレらホテルには行かねーから。二人でどうぞ、ごゆっくり』

目玉が飛び出るような衝撃的な文字が羅列されていた。

心臓の音がますます大きくなっていく感覚を覚えながら、慌てて返信する。

『何言ってんだよ。ちゃんと部屋は取れたぞ。悪い冗談はやめろ。何時頃に着く？』

返信はすぐに来た。

『避妊はしっかりね♡』

あの野郎……！　ハートマークまで付けやがって、なんつーアシストしてくれやがる。

雅久斗は俺が日和ちゃんに片想《かたおも》いしていたことを知っているがゆえに、彼女が離れて行ってしまう前に抱いてしまえという真のヤリチンらしい思考の下で、俺の背中を押しているだけ。一〇〇パーセント善意からの行動なのだと俺だってわかっている。

だけど、そのタイミングは俺が決めたい。友達に言われてやる行為ではないはずだ。

その後雅久斗に送ったメッセージに既読はつかなかった。埒《らち》が明かないと思い電話をかけてみたが案の定出やしない。

「どうしたの？」

小首を傾《かし》げる日和《ひより》ちゃんに、なんでもない風に告げる。

「……あの二人、今日ここには来ないんだってさ。……とりあえずは時間までまったりしてようか？」

ここで「場所を変えようか」なんてヘタレたり「どうする？」と判断を女の子の方に委ねるようじゃ、嘘とはいえどもヤリチンの名が廃る。演技でも堂々としてみせるのが男ってものだろう。

「え、嘘!? ……本当だ、私のスマホにも咲からメッセージ来てた……も－！　咲のやつ－！」

そう言って、たぶん何も考えずにベッドの上に仰向けになった日和ちゃんと目が合った。

このまま俺が覆い被されば、彼女は受け止めてくれるだろうと、思う。

「……お腹《なか》空いてきたね。ルームサービスで何か頼んじゃおうか？」

俺は結局、視線を逸《そ》らしてしまった。さっき雅久斗たちと昼飯を食べてきたわけだし、腹が減っているはずがないのに。

日和ちゃんはその間に体を起こし、また俺の隣に座った。

「い、いいね！　しゅ、隼《しゅん》くんは何が食べたい？」

「えっ……と。あ、俺これ食べよっかな。フライドポテト盛り合わせと、明太子ピザ」

「ふふっ、さっきもポテト食べたじゃん。隼くんって、本当にポテト好きなんだね」

ラブホ慣れしていないと思われたくなくて、変わり種を選ぶ度胸がなく安牌《あんぱい》だと思って選んだポテトだが、今日から俺の大好物ということで通していこう。

積み重ねていく小さな嘘が増えていくにつれ、彼女に対する罪悪感も大きくなっていく。

それを誤魔化そうと努めて明るい話題で、注文した料理が来るまで間を持たせた。

そして緊張で味を楽しむことなんてできやしなかったポテトやピザ、デザートのアイスまで食べてさらに腹を膨らませた。もうこれ以上はチョコボール一個も入らないぞ。

……日和ちゃんはお腹減っていたのかな？　嫌な顔しないで食べてくれて良かった。

……いや、彼女の気遣いだろうな。申し訳ないことをしたと思うけど、本当に優しくてますます好きになっていく。

「いっぱい食べちゃったー。私、今日は夜ご飯いらないってお母さんに連絡しよっと」

――ってことは、帰りは遅くなってもいいってこと？

ただ、今の俺は純粋無垢《じゅんすいむく》な恋心だけを抱く男ではなかった。

日和ちゃんが何気なく発する一言にも過剰に反応してしまうくらい、俺の頭の中はエッチのことでいっぱいになっていた。

俺という男は意思が弱いのか？　さっきまでは自分のタイミングでそのときを決めたいとか格好つけておきながら、だんだんと興奮が抑えられなくなっている。

したくないはずがない。でも、いいのか？　こんなお膳立てされたシチュエーションで、心から大好きだと思える女の子と一線を越えてもいいのか？

あえてエロとは全く関係のない話をして、冷静になろうと試みようとした。

「知ってた？　ゴリラってB型しかいないんだって」

なんでゴリラ？　ラーメン屋での雅久斗との会話がここで出てくるなんて、俺の会話の引き出しって取り出し機能が低いのだろうか。

「ほんとに？　ちょっと調べてみる！　……あ、これ見て。厳密には九割がB型らしいよ。ゴリラの人口の九割を占めるニシローランドゴリラが皆B型だから、そう言われるようになったんだって」

「ゴリラの人口って言い方おかしくないか？」

「あはは、そうだね。じゃあ、ゴリ口？」

「きっとそうだ。日和ちゃん、賢い！　ちなみに、俺の家族は皆Ｏ型なんだよ」

「めっちゃ馬鹿にしてるじゃん！　っていうか、隼くんＯ型なんだね！　私もＯ型だから相性的にはピッタリかも！　嬉《うれ》しいー！」

「じゃあ、俺たちが結婚して子どもが生まれたら、絶対Ｏ型になるんだね」

口にした後に、また空気が「そっち」に切り替わったのを感じた。

……これではいけない。また違う話題を振らなければと思っていると、

「わ……私はＯ型の獅子《しし》座だけど、隼くんは？」

「お、俺はＯ型の天秤《てんびん》座。日和ちゃんが獅子座ってなんか、イメージぴったりかも」

「えー？　肉食っぽいってこと？　ライオンは雌の方からぐいぐいアタックするらしいけど……あ。…………わ、私たち動物に結構詳しいね！」

「そ、そうだね。今度は動物園に行ってみよっか」

普通に会話をしている素振りを見せながらも、俺は平常心を保つのに精一杯だった。

……駄目だ。たわいのない雑談をしていても、頭の中からエッチを追い出せない。

こんなことばかり考えているって知られたら、絶対引かれてしまう。どうしよう。

「ごめん、ちょっとお手洗いに行ってくるね」

日和ちゃんがそう言ってくれたことで、一旦クールダウンの時間を得た。一人になった俺は大きく息を吐く。落ち着け。落ち着くんだ。

気を紛らわそうとしてテレビを点《つ》けてなんとなくチャンネルを回していると、後ろから激しく突かれて嬌声《きょうせい》を上げる裸体女性の映像が画面に映し出されて、心臓が止まりかけた。

そうか、ラブホではAVが観《み》られるのか……って、学んでいる場合じゃない。早く消さないと日和ちゃんが戻ってきてしまう。慌てて電源を切ろうとしたけれど、手を滑らせてカーペットの上にリモコンを落としてしまった。

完全にタイムラグだ。焦《あせ》りながらリモコンを拾い上げてテレビに向けて電源ボタンを押そうとしたそのとき、

「しゅ、隼くんは……これくらいおっぱいが大きい女の人が好きなの？」

可愛らしい声が耳に入り、青ざめた。一歩遅かったようだ。

しかしここで変に慌てたり取り繕ったりするのは、逆効果かもしれない。

「あ、ごめん。間違えてボタン押しちゃって」

テレビを消して、深呼吸をして、ヤリチンの仮面を被《かぶ》り直す。

「お、大きさなんて……考えたことないな。強《し》いて言うなら、好きになった子のおっぱいが好きだよ」

格好つけて言ってみたものの、この状況下でこの台詞《せりふ》は「日和ちゃんのおっぱいが一番だから、このAVみたいに君のおっぱいを揉《も》みたいし、っていうかヤりたい」と言っていることと同義だ。

そのことに気づけたのは、日和ちゃんの顔が急速に赤くなっていったからだ。

「あ……いや、別に変な意味で言ったわけじゃないよ？　俺は――」

「……いいよ。し……しようよ」

日和ちゃんはベッドに座る俺に近づき、

「ご……ゴロンってして？　それから、こっち向いて？」

と言って、俺が指示通りの体勢になるのを待ってから隣に寝転んできた。

いつもと違う視覚情報にヤバさを感じていると、日和ちゃんはおそるおそるといった感じで俺の腋《わき》の下あたりに左手を入れてきた。そして――。

「……めっちゃあったかいねー……」

寝ながら俺に抱きついてくる格好になった。

これは本当に危険だ。健全な男なら反応しないはずがない。

破裂しそうな心臓を宥《なだ》めなければならないのに、俺の手は本能に従って脳からの指令とは逆の行動を取っていた。

彼女の背中に手を回して同じように抱き締めると密着度が跳ね上がり、彼女の体の暴力的なまでの柔らかさに一気に興奮が高まっていく。やっぱり日和ちゃんはエッチに前向きなのだろうと、自分勝手な推測が脳内を駆け巡る。

まずい。本当にもうこれ以上は、我慢できそうにない。

さすがにここまでされて、手を出すなというのは不可能だ。

「……いいんだね？」

余裕なく一言で尋ねると、彼女は静かに、小さく頷《うなず》いた。

体を起こした俺は日和ちゃんの綺麗《きれい》な顔立ちに見惚《みと》れる時間すら惜しんで、吸い寄せられるように、柔らかそうな彼女の唇に俺のそれを近づける。

触れる直前に動きを止めて、彼女を見つめた。

言葉は交わさなかった。彼女の目が閉じられたことが了承のサインだと判断し、唇を触れ合わせた。

俺と彼女の、初めてのキス。

緊張。興奮。感動。いろんな感情を抱きはしても上手《うま》く言語化できないし、する時間も惜しい。

とにかく今は俺の全細胞が、彼女をひたすらに求めている。

なんだろう、スイッチが入るってこういうことだろうか。自分の体のパーツとはまるで違う弾力に触れるのは、想像以上に気持ちがいい。

ほとんど本能のままに、俺の舌は彼女の口内へ入り込んでいた。

温かい。二人の距離が物理的にゼロになっている現実に、確かな幸福感を覚える。

「んっ……」

純粋な快感による反応か、あるいは俺のキスの巧拙どちらかへの戸惑いか。できれば前者だといいなと願いながら、初めて触れる場所を丁寧に味わっていく。

俺は頭の中がただただ熱くて、もう日和ちゃんのことしか考えられなくなっていた。

唇を離して日和ちゃんの顔を見ると、その大きな瞳は濡《ぬ》れて、顔を赤らめながら浅い呼吸をしていた。

なんて可愛いのだろう。迸《ほとばし》る感情に、喉の奥が詰まる。

たとえる言葉なんて、俺の語彙力じゃたった一つしか出てこない。

——俺は、日和《ひより》ちゃんのことが……。

自分の気持ちを伝えるように、日和ちゃんの首筋に優しくキスを落とした。白い肌が紅潮している。興奮してくれているのだろうか。俺の大好きなふわふわした髪の毛がベッドの上に散らばっているのを見てたまらない気持ちになりながら、いつもよりよく見える薄い耳にそっと触れる。耳朶のピアスまでつうっと指を滑らせながら、息のかかる至近距離で率直な気持ちを伝える。

「……可愛い」

日和ちゃんの体がビクッとした。この反応は好意的なものと解釈してもいいだろう。耳元で彼女への気持ちを口にする度に、息が荒くなっていくのがわかる。

「あっ！　……んんっ……」

彼女が声を出してくれたのが嬉《うれ》しくて、耳をもっといじめてみようとしたけれど、

「も……もうそれは、いいよお……キス、してほしい」

潤んだ瞳でそんなお願いをされたら、応えないわけにもいかない。舌を絡《から》ませて、彼女の唾液を味わって、ゆっくりと唇を離した後で、告げる。

「……好きだよ」

技術的には下手かもしれないけれど、彼女を想《おも》って誠心誠意心を込めて抱こうと誓う。

キスをしながら服の中に手を入れ、ブラ越しにその胸に触れた、その瞬間。

「……や……やっぱり待って……！」

突然のストップに戸惑いながらも、お預けを食らった犬のように従順に次の言葉を待った。日和ちゃんは肩で息をしながら、両腕で顔を隠してか細い声で言った。

「……わ、私……今日は、ちょっと……その、用事があったのを思い出しちゃって……！じ、自分から誘っておいてほんと、ごめんなんだけど、その……」

ここでようやく、俺の頭も冷えはじめた。

用事があるというのはきっと、日和ちゃんの優しい嘘《うそ》なのだろう。

今までゆっくりと距離を縮めてきたはずなのに、俺がいきなりがっつきすぎたせいで驚かせてしまったのかもしれない。

ラブホという場所の空気に身を任せて性欲に負けそうになるなんて、彼氏失格だ。

「……わかった。ごめんね、無理させちゃって」

謝って、日和ちゃんから体を離した。心臓と、熱くなってしまった下半身を落ち着かせるべく深呼吸をする。

女の子の体って、暴力的な魅力があるのだなと実感してしまった。

大切にしたいと思っているのに、同時に、めちゃくちゃにしてしまいたいだなんて。獣みたいな欲望を抱くなんて、今までの俺は知らなかった。

「……隼《しゅん》くん、ごめんね……怒ってる？」

「え？　いや全然怒ってないよ！　俺の方こそ本当、ごめん。ちょっと、いや、かなり暴走してたかも」

「い、嫌じゃなかったよ？　でも、今日は……本当に、ごめんね」

おそらく処女ではない日和ちゃんは、一般論で考えるとすれば、行為に対しての恐怖みたいなものは初めての子に比べたら薄いかもしれない。

だとしたら、今回の拒否の理由は俺にある。俺を気遣う日和ちゃんの優しさが、罪悪感となって俺の両肩にずしりと伸《の》し掛かる。

……いや、ちょっと待て。もしかしたら俺は、試されているのか？

日和ちゃんは俺が強引に迫ってくる男なのか引ける男なのか、どちらか見極めたいのかもしれない。

今までの数多くの経験から、ここでスマートに引ける男こそ、日和ちゃんのお眼鏡に適《かな》ういい男だったに違いない。あるいは、俺が日和ちゃんの体目的で付き合っているのかもしれないと不安になっていて、自分を本当に大切にしてくれる男なのか知りたいのかも。だとしたら、どちらにせよ今日俺が彼女を抱く選択肢はない。体の中に残る性欲を死ぬ気で抑えて、彼女が求める男になるだけだ。

ここまで誘って男をその気にさせておきながら、手を伸ばせば逃げてしまうその魔性っぷりは、まさに男を翻弄しまくるテクニシャン。さすがは日和ちゃんだ。

「……今から日和ちゃんは『ごめんね』禁止ね。俺は日和ちゃんの申し訳なさそうな顔よりも、笑顔の方が好きだよ」

がっつかず、スマートに。正直、本当はヤりたくて仕方がなかったけれど、余裕のある彼氏を演じて優しく手を握った。

「わかった、ごめ……じゃなくて、そう言ってくれてありがとう。……今の私が言えた義理じゃないけど、私たちこれからいっぱい時間もあるし、また今度エッチしよう？　ほ、ほら、ここでヤッちゃったら、あの二人の思惑通りになってなんか癪《しゃく》だし！」

このままギクシャクしていては日和ちゃんの彼氏失格だ。試されているのであれば、この気まずさを早くなんとかするのが俺の責務だと思った。

「……そうだな、このままだとちょっと悔しいもんな。よし、逆に俺たちで何かあいつらを驚かせることを考えようか？」

「うん、賛成！　……でも今は、もうちょっとだけ、その……。せっかく来たんだし……最後に、ぎゅーってしてもらってもいい？」

「……いいよ」

俺、めちゃくちゃ試されてるな……。まだ寝転んでいる日和ちゃんに覆《おお》い被さるようにして優しく抱き締めると、お互いの体温と心臓の音が混ざり合ってとても心地よかった。

「……私、隼くんにこうされるの好き。気持ちいい」

……女の子って、触ってと言ったり触っちゃ駄目と言ったり、本当に何を考えているのかわからなくて難しすぎるなとつくづく思う。

それでも、好きだから側にいたい。わかりたいから、一緒にいる。

童貞卒業はまだ先になりそうだけど、俺はほんの少しだけ、恋愛について理解が深まった気がした。

目と目が合って、もう一度唇を合わせた。今のは性欲というよりも、コミュニケーションの延長にある穏やかなものだ。

柔らかな感触を名残惜しく思いながらも、今日はもうこれ以上はやめておこうと顔を引こうとした瞬間、日和ちゃんの方から舌を絡ませてきて驚いた。電気みたいな快感が口の中から全身に走って、また理性が飛びそうになる。

ようやく唇を離した日和ちゃんは、嬉しそうに微笑《ほほえ》んだ。

経験豊富な女の子は一筋縄ではいかないということが、よくわかった。

込み上げてくるいろんな感情を呑《の》み込んで嚥下《えんげ》する。これはもしかしたら、性欲に負けて暴走しかけた俺への天罰なのかもしれない。

再び湧き上がる性欲を必死に理性で抑え込みながら、俺は我慢を貫くのだった。

――初体験まで、あと三十五日――

【仲村日和の六月十八日】

ごはんを食べてお喋《しゃべ》りしていたから、つい忘れてしまっていたけれど……今、私たちがいるのはラブホテルであり、ここに来る人たちの目的のほとんどはエッチをすることだ。

考えてみれば至極当然のことに私が気づけたのは、一瞬とはいえ、隼くんがＡＶを観《み》ている現場を目撃したからだった。

ヤリマンだって言われている私にすら、隼くんは無理やり行為を迫ることはない。大切にしてくれているといつも感じている。

でもラブホで女の子と二人きりというこのシチュエーションでエッチしないなんて、男の子にとっては……隼くんにとっては、辛《つら》い状況なんじゃないのかな。

隼くんの彼女は、私。だからエッチして当然の関係なのだと自分に言い聞かせて、息を吐いた。

――覚悟を決めよう。私は今日、初体験をする。

「……いいよ。し……しようよ」

だから慣れている女の子のようにそう言って誘って、ベッドの上で寝転んでいる隼くんに思いきり抱きついてみた。自分から胸を押しつけているみたいでとても恥ずかしかったけれど、隼くんの感触だとか匂いが直《じか》に伝わってくるのは心地よい。

隼くんから背中に手を回されて抱き締め返されたとき、彼に対する好きの気持ちが溢《あふ》れた。このままずっとこうしていたいなと思いつつも、これだけでは終わらないこともわかっているし、この先をするつもりで行動をしている。

「……いいんだね？」

処女とはいえ、ここで何を問われているのかわからないほど馬鹿じゃない。小さく頷《うなず》くと、隼くんの顔がゆっくりと近づいてきた。

拒む理由はない。むしろ私は、それを望んでいる。

目を瞑《つぶ》ると隼くんの唇が重ねられ、触れたところから言葉にできない感情が全身に広がっていくようだった。

私の人生において、正真正銘のファーストキス。

好きな人とする初めてのキスに感動している暇もなく、隼くんの舌が私の口内に入ってきてビクッと体が跳ねた。

私を求めようとする隼くんの気持ちが強く伝わってくる。今までに感じたことのない彼の雰囲気に少しだけ驚いたけれど、決して嫌じゃない。

どうやって舌を動かせばいいのかわからなくてひたすらに隼くんの動きに合わせてはいるものの、体はどんどん熱くなるし頭はボーっとしてくるし、よくわからなくなってきた。

でもたぶん、本能はこの状態を悟っている。

私は今、彼とのこういう行為を気持ちいいと思っている。

私に経験がないから上手に感じるだけ？　ううん、隼くんはやっぱり手慣れている気がする。気がつけば首筋や耳を弄《いじ》られて、私の大好きな声で何度も何度も「可愛い」とか「好きだよ」と囁《ささや》かれた。その度に私は胸の奥がきゅっと詰まって、たまらない気持ちにさせられた。

「あっ！　……んんっ……」

自分の口からこんないやらしい声が出るなんて、思ってもみなかった。

恥ずかしさから我に返って咄嗟《とっさ》に口を押さえようとしたけれど、隼くんに手を掴《つか》まれて阻止されてしまった。普段は優しいのに、なんだか少し意地悪だ。このまま耳元で甘い言葉を囁かれていたらまた変な声が出てしまうと思って、

「も……もうそれは、いいよお……キス、してほしい」

逃げようとした気持ちもあるけれど、キスしたかったのも本心だ。隼くんの舌がまた口の中に入ってきて気持ち良さに意識を持っていかれそうになっていると、

「……好きだよ」

蕩《とろ》けていた心と体が、隼くんの言葉で急に慌て出す。

さすがに私にだってわかる。今のは、一線を越えようとする隼くんの宣言だ。

――本当に、するんだ。現実味を帯びてきた初体験へのカウントダウンに、私の心臓は

今までになく激しく鼓動を打ち始めた。

隼くんはきっと、心を込めて抱いてくれるはずだ。だけどどんなに優しくしてくれても、私が処女だということは絶対にバレてしまうだろう。

服の中に手が入ってきた感覚にハッとなった。あっという間に到着した隼くんの骨っぽい右手がブラ越しの私の胸に触れた瞬間、

「……や……やっぱり待って……！」

今の雰囲気や隼くんの気持ちを無視する、心ない言葉を告げていた。

どうしよう。怖い。私が処女だってバレたときの、隼くんの反応が怖い。

隼くんは優しいから露骨に態度に出したりはしないだろうけれど、処女相手のエッチなんて面倒臭いとガッカリさせてしまうかもしれない。

それに友人たちが口を揃《そろ》えて「超痛かった」と話す、初体験トークが急に思い出されたことも恐怖に輪をかけた。

「……わ、私……今日は、ちょっと……その、用事があったのを思い出しちゃって……！じ、自分から誘っておいてほんと、ごめんなんだけど、その……」

こうやって言い訳を並べてしまうなんて、つまるところ私にはまだ覚悟が足りなかったのだ。

両腕で顔を隠しながらの謝罪になってしまったのは、情けなさと申し訳なさで隼《しゅん》くんの顔が見られなかったからだ。

……どうしよう。隼くんに嘘《うそ》を吐《つ》いてしまった。ここまできてエッチを断るなんて、男の子からしてみたら酷《ひど》い仕打ちなんじゃないのかな。

嫌われたらどうしよう。不安で息が苦しくなってきた。

やっぱり今からでも「しよっか」って言うべきなのかな。でも、口が動かない。どうすれば――。

「……わかった。ごめんね、無理させちゃって」

私の不安や緊張を緩和させてくれるかのように、隼くんは怒ることも落胆することもせず、ただ申し訳なさそうにそう言った。

どう考えたって、謝るのは私の方だ。

それなのに隼くんはその後もいつも通りに接してくれたし、どうしても生じてしまった気まずさを少しでも減らそうと努めてくれたりもした。

どうしてこんなに優しいんだろう。隼くんの言動は、私の想像とは全く違っていた。

咲《さき》とか友達の話を聞いてきて偏った知識を植え付けられてきた私は、男の子は基本的に頭の中はエッチのことしか考えていないと思っていたからだ。

だけど隼くんみたいなモテる男の子はやっぱり、余裕があるのだろうか。ラブホで二人きりでキスまでしておいて、その先は駄目だと告げる私にガッカリしている様子もないし、無理やり迫ってくる気配なんて微塵《みじん》もない。

女の子に不自由しない経験豊富な隼くんはきっと、その辺の男の子とか私みたいな処女には到底考えが及ばないような思考回路を持っているのだろう。

「……そうだな、このままだとちょっと悔しいもんな。よし、逆に俺たちで何かあいつらを驚かせることを考えようか？」

気まずくなってしまった空気を変えようとしてくれる隼くんの優しさが伝わってくる。彼はいつだって、私とは比較にならないくらい大人だ。

私が彼女として隼くんの隣にいるためには、やっぱり私も経験豊富な女じゃないと釣り合わないのだろうな。

「うん、賛成！　……でも今は、もうちょっとだけ、その……。せっかく来たんだし……最後に、ぎゅーってしてもらってもいい？」

襲ってくる不安に耐えられなかったのだろうか。気づけば私はそんな我儘《わがまま》を口にしてしまっていた。

二つ返事で受け入れてくれた隼くんに抱き締められながら、私が求めていた安心感を与えてくれた彼の体温と匂いを体に覚え込ませるかのように、背中に手を回した。

抱き合うのは、好き。ずっとこうしていたいくらい。物理的にも心情的にも、隼くんには離れていってほしくない。

密着したくて、安心したくて、さっき隼くんにされたみたいに自分から舌を入れてみる。

隼くんが少し驚いているみたいだけど、私、ちゃんと上手にできているのかな？　私だけが気持ちいいのは嫌だな。隼くんにも感じてほしいな。

一生懸命に動いてみながら、もしかしたらこういう気持ちが二人でエッチするために一番大切なんじゃないのかなって、蕩けそうな頭の中で処女なりに考えてみたりした。

第五・五話　森《も》雅《り》久《が》斗《く》のセックス・ルール

【森雅久斗の六月十八日】

　あの初々《ういうい》しい二人をラブホに送り出した後、雅久斗は咲と一緒にファミレスで駄弁《だべ》っていた。

『避妊はしっかりね♡』

　隼にメッセージを送った後、対面に座る咲に話しかけた。

「あいつら、ちゃんとエッチできてんのかな」

　騙《だま》すみたいな少々強引なやり方だったかもしれないが、隼の片想《かたおも》いを近くで見てきた雅久斗としては、じれったすぎて見ていられなかったのだ。

「鏑木《かぶらぎ》くんなら優しくリードしてくれるだろうし、大丈夫なんじゃない？」

　雅久斗の作戦に賛同して乗ってくれた共犯者は、隼が童貞であることを知らないために的外れなことを口にした。隼の名誉もあるし言わないが、奴《やつ》は今頃慌てふためいているに違いない。

「だといいけどな。さて、そろそろオレらもラブホ行くか！」

「つまんない冗談はやめて。あんたみたいな男の武勇伝の一人にされたくないの」

「残念。カガヤン、ガード固《かて》えなあー」

なんて、彼女に本気で手を出すつもりなんてない雅久斗は、残念そうな素振りだけ見せておく。

生粋のヤリチンと言われる雅久斗は、基本的に女の子なら誰でもウェルカム、自分からガンガン口説いていくし、来るもの拒まず去るもの追わずの精神で気軽に女の子とのセックスを楽しむタイプだ。

だけど、唯一。絶対に手を出さないと決めている子がいる。

それは、親友である鏑木隼が好きになった女の子と——好きな子と極めて仲のいい友人だ。

隼の好きな子に手を出さないというのは、隼との友情を壊したくないからという単純明快な理由から。

好きな子の友人に手を出さないというのは、たとえば雅久斗とその友人が関係を持った後で険悪な別れ方をした場合に、隼と好きな子の関係に少しでも悪影響を及ぼすリスクがあるかもしれないからだ。

　女の敵と言われて雅久斗自身否定はできないが、友情には厚い男だと自負している。

「元々緩いつもりもないし。あたしは恋愛するならいつだって本気。遊びで付き合ったりとか無理だし、エッチもできない」

「ってことは逆に、好きになっちゃったら付き合ってなくても体許しちゃうタイプだ?」

　咲は雅久斗を睨《にら》みつけた。

「……日和《ひより》はこんなあたしの恋愛観を凄《すご》いとか言うけどさ、日和にはあたしみたいになってほしくない。あの子、あんな噂《うわさ》あるけど……実際は超純粋だから。ヤリモクの男とかに遊ばれて、ボロボロに傷ついて泣く姿なんて見たくない。鏑木くんはヤリチンだって言われてるけど……話してみた感じ信用できる人だと思ったから、大丈夫だと思うけど」

「過保護だな。恋愛もセックスも、経験しないとわからないことだってあるだろ」

「友達想いって言ってよ。鏑木くんみたいに」

　雅久斗は気が強い女にはそそられる方だが、咲とは根本的に価値観が違うなと感じた。

「隼は結構……って、あのテーブルの赤ちゃんめちゃくちゃ泣いてんなあ」

　二人が座るテーブルからは少し距離があるのに泣き声が聞こえてくるということは、結構壮大なオーケストラになっているのかもしれない。

中年の男性が赤ちゃんの母親に近づいていった。何かを言っているようだ。母親がひたすら頭を下げている様子を見ていたら、動かずにはいられなかった。

「オレ、ちょっと行ってくるわ」

急に立ち上がり赤ちゃんのいるテーブルに向かう雅久斗に、咲は驚きの目を向けていた。

「あの、大丈夫っすか？」

雅久斗が赤ちゃんの母親に声をかけると、中年男性は何か言いたそうにしていたものの、舌打ちをして自分のテーブルに戻って行った。

母親からは怯《おび》えたように「煩《うるさ》くしてごめんなさい」と謝られた。注意しにきたわけじゃないことを伝えてから、雅久斗は抱っこされながらも大声量で泣きわめく赤ちゃんに向かって、とっておきの変顔をしてみせた。

すると赤ちゃんはピタッと泣き止《や》み、雅久斗が顔を変えるにつれて声を出して笑い出した。表情筋を駆使して変顔レパートリーを披露する度に笑う赤ちゃんとしばらく遊んでから、お礼を告げる母親に頭を下げて咲の待つテーブルに戻った。

「……ビックリした。赤ちゃんを脅しに行ったのかと思った」

咲は珍しいものを見るかのような目をしていた。

「オレをなんだと思ってんだよ。……年の離れた妹がいてさ、なんだかんだ面倒見てきたから、赤ん坊をあやすのはわりと得意なんだよ。森家に伝わる泣き止ませ方があってさ」

さっき赤ちゃんに見せた変顔をすると、咲は噴き出して笑った。

「なにそれ。ひっどい顔」

「お、笑った顔可愛いじゃん。オレ、カガヤンの笑顔結構好き」

思っていたことをそのまま伝えると、可愛らしく笑っていた咲はいつものクールな表情に戻ってしまった。

「……チャラい。減点。っていうか、森は今彼女いるの？　彼女いるのにそんなこと平気で他の女に言っちゃう男だったらもっと減点」

「二年になってからはいないなー。セフレはいるけど」

「別に聞いてないんだけど。あんた、彼女がいたとしても絶対に浮気《うわき》するでしょ？　彼女は作んない方がいいよ」

「お、奇遇だな。オレもそう考えているところだ」

「マジ女の敵ー。あんたを好きになる女の子がかわいそうだわ」

「そうか？　一緒にいるときは楽しくなってもらえるように全力を尽くしてるけどな」

隼のように一途《いちず》に一人を想い続ける恋愛は、自分には無理だと思っている。

可愛い女の子がいたら目で追ってしまうし、声をかけてしまう。チャンスがあればセックスに持ち込もうとしてしまう脳味噌《のうみそ》と下半身は、生粋のヤリチンと言われる所以《ゆえん》だ。

「森はさ、本気で人を好きになったことがないの？」

「まあな。……本気の恋をしたら、オレも変わるのかもしれねえけど……って、やべ。結構恥ずかしいこと言ったなオレ。隼《しゅん》に当てられたかな」

らしくない発言からの照れ隠しでコーラを一気に飲む雅久斗を、咲は何かを思ったのかじっと見つめていた。

「……ふーん……ないんだ。……そうね、確かに鏑木くんって、結構キザなことを平然と言うもんね。今日もさー……」

隼と日和の物語の裏で語られていた、森雅久斗の恋とセックスに対するルール。

だが「ルールは破るためにある」という言葉を、雅久斗はまだ知らない。

第六話　恋愛に後悔はつきもの

【仲村日和の六月十九日】

隼くんとラブホに行った翌日。私は店内でフラペチーノを飲みながら咲《さき》を待っていた。

咲は時間より早く来ることはないけれど、遅刻することもない。家に一人でいると昨日のことを思い出してじっとしていられなかった私が、ただ早く来すぎただけなのだ。

「日和ー、どうだった初エッチは？　痛かったんじゃない？　大丈夫？」

気がつけば十一時ジャスト。その声に振り返ると、咲はニヤニヤしながら隣に座った。

いろんな感情が溢《あふ》れて言葉にならなくて、咲の二の腕をベシベシと叩《たた》く。

「『大丈夫？』じゃないよもう！　そんな心配するくらいなら、どうしてラブホで二人にしたの？　心臓が爆発して死ぬかと思ったよ！」

「もう少し声抑えなって。昨日もメッセージで弁明したじゃん。鏑木くんはモテるんだから、さっさとエッチしておいた方がいいよって。ずっと好きだったんでしょ？」

まるで悪気がなさそうに言う咲に抗議の意味を含めて軽く睨んでみるも、やり方は本当に強引だけど、いつもうだうだしている私の背中を押してくれようとしたのは嘘《うそ》じゃないとも理解している。

だから咲を責めるのは一旦やめよう。大きく息を吐いて、いつも応援してくれる親友に彼への正直な気持ちを告げる。

「……好き。昨日のことで、もっと好きになった」

ものすごい我儘《わがまま》を言ってしまったのに、隼くんは優しかった。性欲でがっついてくることもなく、私を大切にしてくれる気持ちが伝わってきた。

それに……隼くんとたくさん触れ合ったことも愛情が強くなった一因だと思う。人肌の温かさ、触れ合う喜びを知ってしまった今はもう、隙があれば彼に触れたい欲求に駆られて大変なくらいだ。

「うわ、さっすが鏑木くん！　一日で日和を骨抜きにしてるー！」

普段はとびきり爽やかで、朗らかな笑顔で皆の心を撃ち抜いている隼くんの目が男になっていたのは、とてもドキドキした。

あんな隼くんは彼女である私しか見られないんだなと思うと、たまらない気持ちにさせられた。……隼くんの元カノに今まで以上に嫉妬してしまうようになったのは、厄介な難点だけれども。

「骨抜きにされちゃったのかなあ……？　自分ではよくわかんないけど……気づけばずっと、隼くんのことを考えちゃってるかも」

私の話を聞いていた咲は相槌《あいづち》を打ちながら、どこか嬉《うれ》しそうだった。

「女ってエッチすると彼に対する愛って強くなるよね、わかる。で、どうだった？　鏑《かぶら》木《ぎ》くんってやっぱり上手だった？」

「わ……わかんない」

「初めてだと上手《うま》いとかわかんないか。でも日和がもっと好きになったって言うなら、やっぱり上手だったんだと思うよ」

「そ、そうじゃなくて。……ヤ……ヤってないし」

咲は目を丸くして、まるで信じられないものを眼前にしたかのように私を見た。

「……嘘《うそ》でしょ？　え、あの状況でヤってないの⁉　……信じられない。え、挿《い》れなかっただけ？　前戯もなし？　あ、生理だったとか？」

「せ……生理じゃないけど……だ、抱き合ってキスはしたよ？　で、でも……いざこれからするんだって思ったらなんか、ちょっと怖くなっちゃって……」

ラブホでの流れを大雑把に説明していった。

あのときは本気で覚悟を決めていた。キスは気持ち良かったし、体を触られるのだって決して嫌だったわけじゃない。だって私は隼くんのことが大好きだ。大好きな人に求められるなんて嬉しいことだと思っている。

だけど、いざとなったら怖くなってしまった。

処女だって隼くんにバレてしまうことに、怯えてしまったのだ。

「……それで、その後はラブホを出て、隼くんに家まで送ってもらって、一日が終わったわけです、はい……」

話し終わった瞬間、咲は盛大な溜息《ためいき》を吐《つ》いてから私を小突いた。

「……自分から誘っておきながら、いざとなったら拒否るって……絶対やっちゃ駄目でしょ。鏑木くんが謝る理由なんて一つもないね。悪いけどあたしは彼の肩を持つわ」

「だ、だってさあ……！　処女バレの方は完全に私の自業自得《じごうじとく》だけどさあ、超痛いって話も思い出しちゃったりして……いろいろ怖かったんだよおー！」

「あー、そっかあ。あんたの場合処女を拗《こじ》らせて、耳年増になったのも不幸だったかー……逆に何も知らない方が、勢いでパパっとできたかもねー」

いつも赤裸々に彼氏とのエッチについて話す友人の一人は、反省したように頭を掻《か》いた。

「……ううん、違うの。私の意気地のなさを咲とか皆のせいにしているみたいに言っちゃって、ごめん。……今はね、拒否しないで受け入れておけば良かったたって後悔してるんだ。だから次にそういう雰囲気になったら、絶対するから」

……いや、正直、こんな宣言なんかしなくても、できる気はしている。

あのときは瞬間的な強い恐怖で頭が支配されてしまったけれど、こうして思い出してみると、隼くんの優しさや温かさや心地よさばかりが思い出される。

そうなると、処女だってバレるのはやっぱり怖いけれど……エッチってそれを上回るくらい、すごくいいものなんじゃないかって思えてきたのだ。

「まあ、あたしとしては鏑木くんが日和《ひより》に言われるがまま手を出さなかったことにもビックリだけどね。真のヤリチンは普通の男ならがっつくところを、我慢できるのかもね。

……っていうかさ、処女バレが怖いって言うけど……あんたのその反応で、さすがに鏑木くんにはバレたんじゃない？」

親友に痛いところを指摘されて、頭を抱えた。

「……やっぱりそう思う？　あー！　どうしよう！　隼くんに引かれちゃったかなあ？嫌われちゃってたらどうしよー！」

「鏑木くんが処女厨《ちゅう》ってことに望みをかけてみる？　まあどっちにしろ、いくらヤリマンを気取ったところでエッチしたら絶対にバレるんだから、時間の問題だと思うけど……まあ、そんなことよりさー、日和？」

咲の口角が悪戯《いたずら》っ子のように、ニヤリと上がった。

「鏑木くんとのキスとかハグは、気持ち良かった？」

きっと、私の答えをわかったうえでの意地悪な質問だ。だけど、私は正直に答える。

恥ずかしいけれど、あの行為によって得た感情に嘘は吐きたくないと思ったのだ。

「……気持ち良かった。あと、とっても幸せを感じるね、ああいうの。……隼くんのおかげで初めて知る感情が増えていく毎日が……楽しくて仕方ないんだ、私」

私の返事を聞いた咲は目尻を下げて、カフェラテを一口飲んでから「胸焼けしそうなくらい甘いんだけど」と言った。

「日和が幸せそうだと、あたしも幸せ。……あたしも次は日和みたいな素敵な恋がしたーい！　どこかにイケメンいないかなー！　……鏑木くん、二股とかイケる人かな？」

「ちょっと!?　隼くんは絶対駄目！　……あ、森《もり》くんはどう？　私と隼くんがラ……ラブホに行ってるとき、二人で話してたんでしょ？」

「ないわー。信じられないくらいチャラい。あと単純に、気が合わない」

バッサリだ。告白もしていないのに振られた森くんが、少し不憫《ふびん》にすら思えるほどに。

「そ、そうなんだ。でも確かに、咲が付き合ってきた彼氏たちとは結構、タイプが違う感じがするね」

「でしょ？　……まあ、でも……思っていたよりは、いい奴《やつ》だったけど」

……あれ？　この反応って結構、悪くない感じなんじゃないかな？

森くんもヤリチンって言われているけど、隼くんみたいに彼女ができたら大切にしてくれるタイプかもしれないし……自分で言ってて恥ずかしくなってきた。それに優しいし頼りがいあるし、私としては二人がくっつくのもアリな気がする。

「それより日和、その感じだと鏑木くんとエッチしたらしばらく現実に帰って来られないと思うわ。初体験は人生で一度なんだし、そのときが来たら十分に楽しんでおいで」

隼くんの体温や真剣な眼差《まなざ》しを思い出して、体が熱くなった。

「……うん、そうする。ありがとうね、咲」

エッチに夢と幻想を見る処女の妄言や強がりなんかじゃなく、あのとき感じたあの幸せな時間が予感させるのだ。

隼《しゅん》くんとの初エッチは、なんらかのトラブルだとかハプニングが生じるのかもしれない。だけど、たとえばこのフラペチーノよりも甘く、最高に幸せなのだろうと。

【鏑木隼の六月十九日】

日曜日はバイトだった。だけどこんなに休みたいと思った日は初めてだ。

ふとした瞬間に、日和ちゃんの唇の柔らかさだとか甘い匂いを思い出しては余韻に浸ってしまう。一刻も早く彼女に会いたい衝動に駆られて、バイト先の店長や従業員の皆、お客様には申し訳ないけれど上の空になってしまうのだ。

それにしても、だ。俺にはどうしても腑《ふ》に落ちないことがある。

ラブホでそういう雰囲気になったのにもかかわらず、俺たちはエッチしなかった。

推測の範囲に過ぎないけれど、きっと日和ちゃんは俺を試したのだろう。正直悶々《もんもん》とさせられたけれど、怒ったりましてや彼女を嫌いになったりなんてことはない。

それは別にいい。俺の中では納得済だ。

俺がわからないのは、彼女のあの反応だ。

日和ちゃんはあんなに可愛くて、スタイルも良くて、明るくて、優しくて。

少し天然なところもたまに口の悪いところも、俺はその全部が素敵だって、愛おしいと思っている。

だから、あれだけ魅力的な女の子を男が放っておくはずもなく。ゆえに彼女は——経験豊富だと噂《うわさ》されている。


そんな彼女が、童貞の俺のキス一つであんなに頬を朱色に染めるか？

強張《こわば》っているようにも感じたけれど、ひょっとして緊張していたのだろうか？

わからない。経験人数の多さとエッチへの反応やテクニックは比例すると考えている俺が間違っているのかもしれない。だけどそれは童貞である俺が日和ちゃんに対して引け目を感じているから、そう思いたいだけなのかもしれない。

……いや……ヤリマンなんて噂、本当は嘘なんじゃないだろうか。それこそ俺がそう思いたいだけだろと雅久斗《がくと》あたりには笑われそうな発想かもしれないけれど、今度日和ちゃんに聞いてみようか。

日和ちゃんのことを思い出しては浮かれたり考え込んだりと、今日の俺は余程仕事に集中できていなかったのだろう。

「隼くん、休憩時間だよー？」

いつもなら遅れることのない休憩時間への入りを、二分ほど過ぎてしまった。

「あ、すみません！　今から休憩いただきます」

声をかけてくれたちはる先輩に礼を述べて、休憩場所であるスタッフ専用控え室に入るやいなや、

「今日は可愛いお顔を七変化させて忙しそうだけど、ニヤニヤしてる割合が一番高いねえ。何かイイコトあったでしょー？　お姉さんにも教えてよー！」

俺の隣の椅子に腰掛けたちはる先輩が、目を輝かせて俺の話を聞きたがった。

「先輩と休憩時間が被《かぶ》って嬉しいなあーって、思ってたんですよ。それより先輩、十一番テーブルに座ってた二人組にしつこくナンパされていましたよね？　次からは俺が接客しますので」

日和ちゃんとのことを深く突っ込まれたら童貞バレに繋《つな》がるボロが出てしまうかもしれないと思い、違う話題を振った。いくらボーっとしていたとはいえ、先輩に変なちょっかいを出している輩《やから》を見落とす体《てい》たらくではないつもりだ。

……でも俺、そんなに顔に出ていたのか。意識して真面目な表情に戻そうと顔を触ってみるも、先輩にじっと見つめられて上手《うま》く切り替えができなかった。

「んー、なんだろーなー？　お姉さんが日和ちゃんにプレゼントしてあげた下着、隼くん

も見たのかなー？」

俺が振った話は完全にスルーだ。興味や関心のあることに一直線な先輩の期待に満ちた瞳を見て、いつもからかわれてばかりの俺もたまには一矢《いっし》報いたくなった。

「……秘密です。ご想像にお任せしますよ」

本当はキスをしただけなんだけど、言葉は濁しているし嘘《うそ》にはならないだろう。

先輩は「性春だねえ」なんてオヤジみたいな笑い方をしてから、小さく息を吐いた。

「あたしがどんなに迫っても手を出して来なかったのに、日和ちゃんとはフツーにエッチするんだね……女としてショックかもー」

「いやいや、先輩は美人だし可愛いし好きですよ。でも先輩は俺の彼女ではないので」

「ヤリチンらしからぬ発言だね」

先輩は椅子を少しだけ、俺に近づけた。

「じゃあ、彼女っていう肩書がなくても抱いてもらえる理由でも考えようかな？　落ち込んでいる隼くんをあたしが甘やかしていたら、隼くんのスイッチが入っちゃって『じゃあ体で慰めてください』とかベタなこと言われちゃって、あれよあれよという間にあたしたちはエッチしちゃって、そのままずるずるとセフレ関係に……」

「もー、なんで話が逸《そ》れていくんですか！　たとえ落ち込むことがあっても先輩には手を出しませんよ！　俺は日和《ひより》ちゃん一筋です！」

すっかりヤリチン設定を忘れて本心が漏れてしまった。焦《あせ》る俺を見た先輩は、嬉《うれ》しそうにも切なそうにも見える表情を浮かべていた。

「……やっぱりいいねえ、隼くんは。じゃあさ、もし日和ちゃんと別れたらあたしが次の彼女に立候補するから覚えておいてね。愛人でもいいけど」

「縁起でもないこと言わないでください！　振られないように頑張っているので！」

「えー？　女の子にモテモテの隼くんが、カノジョのためにどんな風に頑張ってるのか聞きたいな。お姉さんに教えてよお～」

冗談を言われているかと思って返した言葉に対して、ふざけているようでいて真面目なトーンで話す先輩に少したじろいだ。

先輩は微笑《ほほえ》みを崩さないけれど、話を逸らしてはいけない無言の圧力があった。誤魔化したり、逃げを打ったりすることはできない雰囲気だ。それをした瞬間、俺と先輩との間に築かれてきた信頼がすべて、消失してしまう気がした。

「……俺、他の女の子にどれだけ好意を伝えられても、心が動くことはないと思います。日和ちゃんが大好きなので、彼女のことを心から大切にしたいと……努力しています」

答えになっているだろうか。先輩みたいな年上の綺麗《きれい》な女性からしてみれば、俺の心掛けなんていたって普通か、あるいはそれ以下と判断される可能性もある。だけど嘘偽《うそ》りも誇張もない、今の俺の日和ちゃんに対する等身大の気持ちを正直に話した。

――ありのままって、怖い。

普段見栄《みえ》を張って生活している俺は、特にそう思った。

「うん、とっても素敵だと思う。顔だけじゃなくて中身もイケメンとかやるね～！　この～、罪な男～！」

俺の返答に納得してくれたのか、先輩は朗らかな笑顔を見せながら俺の二の腕やわき腹をつついてきた。一見、いつも通りの先輩に見えるけれど、どうしても小さな違和感が拭えなかった。

「……先輩、何かあったんですか？　今日はいつもと少し様子が違うように見えます」

不躾《ぶしつけ》にも思われそうな直球な問いに目を瞬《しばたた》かせた先輩は、俺からそっと視線を逸らした。伏目の綺麗な女性だなと思った。

「……あたしもまだまだ未熟だなあ……。あたしね、隼くんと日和ちゃんのことを心から応援してるんだよ？　二人とも可愛いし、超イイ子だし。でもね、キラキラしている二人を見ていたらなんか、あたしももっとまともな男と付き合いたかったなあとか、もっと愛のある初体験がしたかったなあとか、後悔してきちゃうっていうかさ。あはは、一人でしよんぼりしてんの馬鹿みたいでしょ？」

明るく言いながら笑う先輩だったけれど、その声色は寂しさだとか悲しさだとか、そういう類のやるせない感情を含有しているように思えてならなかった。

「あーあ、誰か慰めてくれないかなー？　頭ナデナデしてくれないかなあー？」

甘えた声を出しながら俺の反応を窺《うかが》ってくる先輩の頭を、俺はできるだけ優しく、まるで父親が子どもにするかのように撫《な》でた。

「……俺は、恋愛で後悔したことのない人なんて、いないと思っているんです」

日和ちゃんと付き合えて幸せの絶頂にいる俺だって、後悔はある。

一途な片想《かたおも》いが実ったと言えば聞こえはいいかもしれないけれど、日和ちゃんに対してなんのアクションも起こせないまま貴重な高校生活の一年を消費してしまった。一年分の幸せを取り逃したと思うと、もったいないと思えてならない。

付き合って二ヶ月でもこれなのだ。恋愛初心者の童貞なりに考えた結果、この先も失敗とか後悔をしないまま、恋愛をしていくというのはとても難しいように感じている。

だけど、それでも。

「最後に笑っていられる恋愛になるのなら、その過程で失敗したって別にいいと思うんです。先輩は可愛いです。綺麗です。だから、大丈夫です。素敵な恋愛が、できます」

童貞が何を偉そうに語っているんだなんて、自虐はしない。

今は俺の言葉だとか行動で、寂しそうに笑う女の子を励ましたいと思ったのだ。

「……ありがとね、隼くん。次は、隼くんみたいな男の子と恋愛する」

先輩の声や表情がいくらか柔らかくなったように見えて安堵《あんど》した。拙い言動だったとしても、少しでも先輩に届いてくれたなら幸甚《こうじん》だ。

「……ごめんね、今だけでいいから……」

俺の顔をじっと見つめていた先輩は、俺の肩に頭をもたせかけた。

日頃お世話になっている先輩が弱気になっているときに肩を貸すくらいなら、浮気《うわき》にならないだろうと判断した。

エアコンの稼働《かどう》音と、互いの呼吸音だけが聞こえる小さな控え室。

休憩時間はあと何分くらいだろうか。確認したかったけれど、時計を見るために少しでも体を動かすことすら躊躇《ためら》われた。

決して下心があったわけじゃない。人前では決して笑顔を絶やさない気遣い屋さんの先輩に、もう少しだけ時間を忘れて休んでもらいたいと思ったからだ。

「……ねえ、隼《しゅん》くん」

先輩は大きな目で俺を見つめて、そっと目を瞑《つぶ》った。……もしかしたら先輩は、俺からのキスを求めているのではないだろうか？

そうだとしたら、さすがに要望に応えるわけにはいかない。

「……先輩。あの……」

それはできないと俺が続けようとした瞬間、先輩は我に返ったようだった。

「じょ、冗談冗談！　ちょっと隼くんを試したのさ！　君は口先だけじゃないね。本当に日和ちゃんを大事にしてるんだね」

……なんてわかりにくい冗談なんだ。あの潤んだ瞳も、ほんのりと紅潮した頬も全部、演技だったってことか？

全身から力が抜けていくのを感じる。昨日初めてキスを経験したからといって、調子に乗るもんじゃないな。俺みたいな童貞には女性の行動の真偽なんて到底わからない。

「もちろんです。だから先輩もいたいけな後輩をあんまりからかわずに、自分を大事にしてくださいよ」

「ふふ、それはどうかなあー？　……あのね隼くん。世間体とかイメージとか、今までもこれからもいろんなしがらみが二人を悩ませると思う。だけど……隼くんは隼くんのやり方で、日和ちゃんとの仲を深めていってね」

至近距離で囁《ささや》かれたその言葉に、背筋が伸びる。

先輩の過去は知らないし知ろうともしてこなかったけれど、過去の恋愛から学んだ経験則を俺に話してくれているのであれば、素直に受け取らなければと思った。

先輩のそれは押し付けではなく、いつだって優しさであることを俺は知っているから。

「はい、わかりました」

「うんうん、いい子。あ、あたしがどうしても寂しくて我慢できなくなったら、ちゃんと抱いてね。据え膳食わぬは男の恥ってね」

「しれっと問題発言を入れないでください！　抱きません！」

真面目な空気が苦手でどこかでおちゃらけてしまうのは、どちらかといえば先輩の悪癖だ。でも今は、その癖に助けられた。これで休憩が終わっても、俺と先輩はいつも通りに顔を合わせられるのだから。

「休憩も終わりだねー。そろそろホールに戻りますかー。あたし、先に行ってるね」

何事もなかったかのように控え室を出て行く先輩を見送ってから、息を吐いた。

先輩が頭を載せていた俺の肩はしばらく熱を帯びていて、シャンプーなのか香水なのかボディクリームなのか俺には判断ができないけれど、先輩の特徴である甘い匂いがいつまでも残っていた。

【鏑木隼の六月二十七日】

期末テストまで一週間を切ったある日の放課後、俺はグループの男友達二人とファミレスで名ばかりの勉強会をしていた。

「あーだりぃー。一週間後にワープとかできねえの？」

ペン回しをしながら文句を垂れている淳史《あつし》は、さっきから喋《しゃべ》るかスマホを触るかで全く勉強に集中していない。

「全然進まねえな俺ら。やっぱさー、教えてくれる人がいないと無理じゃね？」

そうぼやく謙吾《けんご》の前には、進んでいない英語の問題集が置かれている。

こうしてだらだらと駄弁《だべ》ってしまう俺たちの勉強はまるで捗《はかど》らない。日和ちゃんも友達と一緒に勉強会をすると言って今日は別行動を取っているけれど、あっちはちゃんとできているのだろうか。

「もういっそのことテスト前最後のつもりで遊びに行こうぜ。俺、この間女子大生とお知り合いになったからさ、誘ってみるわ」

「俺は行かねえぞ淳史。勉強したいし、彼女がいる身だ」

「なんだよ隼、固いこと言うなよ～。エロそうなお姉さまだったぞ？　仲村《なかむら》には内緒にするからさあ」

友人の中でも淳史は特に、俺を生粋のヤリチンだと思い込んでいる節がある。いつだって聞く耳を持とうとしない淳史の誘いを断り続けていると、

「あー、日和の彼氏発見！」

駄弁る俺たちのテーブルの横を通り過ぎようとした、三人の女子高生が立ち止まった。

その甲高い声に反応して振り向くと、前に日和ちゃんに紹介してもらった友人の愛花《あいか》さんと蘭《らん》さん、そして……俺の可愛い彼女の姿があった。

「隼くん⁉　え、ちょー偶然！　ここで勉強会してたの？」

目に見えて顔に喜色を浮かべる日和ちゃんを見て、俺のテンションも急上昇だ。

「全然捗ってはいないんだけどね。見てよ俺らの惨状」

テーブルの上に並べられた食べ物の多さと、ほとんど手つかずの問題集や真っ白なノートを見て女の子たちが笑っている中で、淳史の目がキラリと光った気がした。

「なあ、皆で一緒に勉強しようぜ」

三分前には女子大生と遊びに行こうとしつこく誘ってきたくせに、美女軍団と勉強会するコースに切り替えたようだ。

「えー、絶対勉強しないじゃん。ウチらにメリットなくない？」

愛花さんは笑いながら、淳史の問題集を覗《のぞ》き込んだ。

「それが、あるんだよなー！　なんせこの謙吾くんは、現代社会が学年三位です！」

「ヤマ張るのには自信があるぞ」

謙吾もその気らしい。俺としては、日和《ひより》ちゃんと一緒にいる時間が増えるわけだからもちろん大歓迎だけど、無理強《じ》いはしたくないし女性陣の意向に任せたいところだ。

「じゃあ、混ざろっかな？　荷物置きたいから場所詰めてよ」

顔を見合わせていた女の子たちは結果的に、俺たちに合流することになった。

目が合った日和ちゃんがニコッと笑いかけてくれた。俺はクールぶって微笑《ほほえ》みながらも、内心では偶然の神様に感謝しまくりだった。

日和ちゃんと愛花さん、蘭さんの三人が合流して六人での勉強会がスタートしたものの、開始十五分にして勉強する者は誰もいなくなっていた。

「鏑木《かぶらぎ》くんと日和はいつも何して遊んでるの？」

「別に普通だと思うよ。フツーの高校生がするようなフツーのデートしてる」

「うわ、日和と同じこと言ってるー。言葉を濁すあたり怪しいんだよねえ」

愛花さんと蘭さんからのいろいろな質問を軽い感じで流しつつ、俺は内心緊張していた。

普段、日和ちゃんは彼女たちに俺のことをどんな風に話しているのだろう。矛盾があったら後で困るのは日和ちゃんだと思うと、発言も慎重にならざるを得ない。

「二人とも隼くんに変なこと言わないでよね？　私、ちょっとトイレ行ってくる」

「行ってらっしゃーい。ごゆっくり～」

日和ちゃんを手を振って見送った愛花さんは、彼女の姿が完全に見えなくなってからニヤリと笑った。

「ね、日和との相性はどう？　鏑木くん、満足してる？」

「うん、大満足。あんな素敵な子が彼女だなんて、俺は幸せ者だと思う」

「そっかー！　良かったね！　見た目もお似合いだけど、エッチの相性もいいなんて最高じゃん！」

……え？　今のエッチに関する相性の話だったの？　すげえ純粋な気持ちで、日和ちゃんに対する愛情を問われたのかと思って答えたんだけど。

「あの子、ちょっと耳を触っただけでも超反応するから性感帯だと思うんだよねー。鏑木くん、どうだった？　日和、耳敏感だったでしょ？」

蘭さん、可愛い顔をしてぶっ込んでくるじゃん。どうしよう。

「愛花ちゃーん、その情報は完全に俺得だけど、隼には意味ねえよ。隼は女の子の気持ちいいところなんて熟知してるし、相手の弱いところも即座に見抜いて攻め立てるドSヤリチンだぞ？　彼女の性感帯なんてとっくに気づいてるに決まってんだろ？」

淳史てめえ、勝手な妄想でハードル上げんなよ。っていうか俺得ってなんだ。変なこと考えやがったら許さねえぞ。

でもそうか……やっぱり日和ちゃん、耳弱かったんだな。

ラブホでの甘い声や火照《ほて》った肌、感じている表情を思い出してしまった俺はハッとして、心の中で素数を数えた。今ここで変な反応をするわけにはいかない。

「まあ、お礼は言っておこうかな。……あ、日和ちゃん戻ってきた」

「おかえり日和ー、もっとゆっくりしてきても良かったのに」

「あー、愛花も蘭ちゃんも何そのニヤついた顔。絶対私の悪口言ってたでしょー？」

奥の席に座っていた日和ちゃんのために一度立ち上がろうとしたのだが、友人たちを見ながら歩いていた彼女は俺の足に躓《つまず》いてよろけた。座った状態で日和ちゃんの体を支えようとした結果、俺の膝の上に彼女が座る格好になった。

「おいおい、我慢しろよ隼ー」

「イチャつくのはウチらと別れてからにしてくださーい」

冷やかしの声を耳にしながらも、突然与えられた甘い匂いと日和ちゃんの感触に俺の体は素直に喜んでいた。

……でも、皆の目もあるしな。見栄《みえ》張らないと。

「俺らは公共の場ってやつを弁《わきま》えてるから。ここではイチャつかねーよ」

俺の冗談めかした発言で皆が笑う。日和ちゃんが無事に俺の隣に着席した頃、淳史が女の子たちを笑わそうと謙吾とのエピソードを饒舌《じょうぜつ》に語り始めた。

笑いながら聞いていたら左手が突然柔らかいものに包まれて、驚きながら日和ちゃんの方を向いた。彼女は悪戯《いたずら》っ子のように微笑みながら、口の動きだけで「ちょっとだけ」と告げた。

皆からは見えない角度で握られた手は、温かくて、柔らかくて。

それに周りに友達がいる状況下だからだろうか。なんだかめちゃくちゃドキドキした。

時間としてはわずか数秒だったと思う。離れていった手を名残惜しく思いながら日和ちゃんを見ると、彼女ははにかんだ。

「……テストが終わったら、ね？」

「そ、それって……つまり――」

その言葉に期待した俺は日和ちゃんに続きを促そうとしたが、

「あー！　公共の場がどうとか言ってたくせに、イチャついてるじゃーん！」

愛花さんに見つかったことで、それはできなくなってしまった。

皆に大いに弄《いじ》られながら俺は、心拍数の跳ね上がった心臓よ早く平穏状態に戻ってくれとひたすら祈った。


帰宅してから、日和ちゃんとメッセージのやり取りをした。

『今日はおつかれ。全然捗らなかったけど』

『予想通りだったね。明日は、二人で勉強会しよっか？』

『前行った、俺の家の近くの図書館でやる？』

『ううん。できれば、隼《しゅん》くんの家がいいな』

お互い、思っていることは同じだったみたいだ。

中間テストが終わってすぐの頃は、日和ちゃんは「部屋で二人きりで勉強なんて集中できないと思う」というようなことを言っていた。

俺はあのとき、日和ちゃんは俺がどう反応するのか試しているのかもしれないと思っていたけれど、今のメッセージの意味はそれとは違うとわかる。

テストが終わるまでは少し、長すぎる。それまでに一回、いや二回くらいは二人きりになって、触れ合って満たされたい。そういう意味で言っているはずだ。

付き合って二ヶ月とちょっとが経《た》ち、仲を深めてきたからこそわかることってなんだか嬉《うれ》しいものだなんて思いつつ、高揚する心を勉強にぶつけようと机に向かった。


【仲村日和の七月一日】


期末テストも目前に迫った金曜日。

学校帰りに二人で図書館で勉強をして、少し街を歩いた。

帰りたくない、帰してほしくない気持ちと葛藤しながら隼くんに家まで送ってもらっている最中、アイスを齧《かじ》りながら友人と歩く部活帰りらしき中学生を微笑ましく見ていた彼は言った。

「俺、夏って好き。夜に薄着でコンビニに行くだけでロマンを感じる」

「あー、わかるよ。なんかワクワクするよね」

「唯一の難点は、うっかり無防備で行くと蚊に刺されまくることなんだよね。ほら」

隼くんの腕には確かに蚊に刺された痕跡がたくさんあったけれど、それ以外は毛穴一つ見えない本当に綺麗《きれい》な肌だった。どんなケアしてるんだろ。羨ましい。

「うわ、痒《かゆ》そうだね大丈夫？　私は全然刺されないから、血液型が刺されやすさに関係あるって話は嘘《うそ》なのかもしれないね」

「俺たち二人ともO型だしね」

「……あ、もしかして！　血を吸う蚊ってメスだけなんだって。だからイケメンを狙うとか？　隼くん、蚊の世界でもイケメン認定されているんだね！」

「蚊にイケメン認定されてもなー……」

なんでもない話をしながら笑い合っていたら、ぎゅっと、手を握られた。

「暑い？」

「暑い！　でも、幸せ！」

繋《つな》がれた手を握り返すと、隼くんは可愛らしい笑みを零《こぼ》した。

生温《なまぬる》い風が僅かに頬を撫《な》でる。大学生らしい人たちの笑い声と、買い物帰りの親子の微笑ましい会話が聞こえる。静寂とも賑《にぎ》やかともいえない、なんて素敵な夕刻なんだろう。

このまま時間が止まってしまえばいいのにと思った。

――今日、いつも以上に彼と別れがたいのには理由がある。

「たった二日間だけなのに、顔も見られないしメッセージのやり取りもしないなんて……寂しく感じちゃうな」

「俺も。でもテストを乗り越えたらすぐに夏休みだよ。二日間だけ勉強に集中しようね」

来週の月曜日から期末テストが始まる。

ラブホで抱き締めあってキスをしたあの日から、私と隼くんのスキンシップはかなり多くなった。私は隼くんに触れるのも触れられるのも好きだから、一緒にいるとくっつきたくなってしまう。

そうなると一緒に勉強をしていても集中できないことが多く、このままだとテストの結果に支障が出るという結論に達した。赤点だと補講への出席が必須になって夏休みが一週間潰れて嫌だけど、恋人ができたから勉強が疎《おろそ》かになったと思われるのはもっと嫌だし。

だから私たちは土日の二日間だけ会うのも連絡を取るのも我慢して、勉強に専念しようと決めたのだ。

期末テストは憂鬱だけど、夏休みが近いことを実感するイベントでもある。

今年の夏はきっと楽しいに違いない。そう思えば、勉強も頑張れるってものだ。

ゆっくりと歩いていたのに、もうマンションの前まで着いてしまった。名残惜しいけれど、ずっと繋いでいて汗ばんでいた手のひらを離した。

「送ってくれてありがとう、隼くん」

「うん、また。月曜日にね」

そう言って手を振って帰ろうとする隼くんに、私の想《おも》いが届くように視線を送る。きっと彼は、私の言わんとしていることを理解してくれている。でも今してしまうと、土日に我慢ができなくなってしまうからと私のために堪えてくれていることだってわかる。

でも、ごめんね。私の方が我慢できない。

「……しないの？」

思わずおねだりをしてしまった。隼くんはすぐに私に近づき、周りに人がいないことをさっと確認してから、軽く触れるだけのキスをした。少し物足りなくも感じたけれど、隼くんの気持ちが伝わってきて心が満たされた。

「勉強、頑張ろうね」

優しい声音で告げて今度こそ帰っていく隼くんの姿が見えなくなるまで見送りながら、私は思った。

——やっぱり、あと一回くらいしてもらえばよかった！

【鏑木隼の七月三日】

テスト前日の日曜日。自室で一人勉強に励んでいると、どんなに頑張っていてもどうしても集中力が途切れる瞬間が出てくる。まさに今みたいに、わからない問題が続いてしまって心が折れたときなんかそうだ。

参考書と睨《にら》めっこして、文法を再確認。自然と眉間に皺《しわ》が寄る。

駄目だこりゃ。全然わからん。

「隼ー！　志乃《しの》ちゃんが来たよー！」

階下から聞こえる母親の声に、弾《はじ》かれるように部屋の扉を開けた。

「なんていいところに来てくれたんだ！　どうか、志乃様のお力をお貸しください！」

一つ年上の威厳なんて、もうとっくに犬に喰《く》わせている。玄関で靴を整頓していた志乃は、くすりと笑った。

「そんな嬉しそうな顔しないでよ、もう……」

母親に何かの荷物を渡し、そのまま二階に上がってくる志乃を部屋に招き入れた。

「今日はどうした？　おばさんは一緒？」

「ううん、わたし一人。頂き物のお裾分けと……それから、隼ちゃんの様子がちょっと気になって」

「あー……この間の勉強会で、俺のレベルの低さを知ったもんな。そりゃ気になるよな」

机の上に開かれた問題集の、俺が大苦戦している問題を指差す。

「今もめっちゃ苦戦しててさー。これ……いや、この辺一帯の問題、わかんなくて泣きそうだよ。教えてください」

やれやれといった様子で、開いている俺の問題集に視線を落とす志乃。

「そういう意味で気になるって言ったわけじゃないんだけど……シャーペン借りるね」

そう言ってすらすらと問題を解きながら、解説を始める志乃。櫻女《おうじょ》ではすでに学習済の内容らしいけれど、それにしたって難なく解けるのが凄《すご》いし説明も上手《うま》い。

俺の知る甘えん坊で泣き虫な小さい頃の志乃とのギャップを感じる。小柄な方とはいえもう高校生なんだよな、志乃も。

「……隼ちゃん、聞いてる？」

そう思ったら志乃が耳に髪をかける仕草が妙に大人っぽく見えて、教えてもらっている身分のくせに勝手に色気を感じて罪悪感を抱いた。

「き、聞いてる！　よし、やってみる！　ありがと！」

少しでも煩悩《ぼんのう》を抱いてしまった自分を戒めるように、教えてもらった問題に意欲的に取り組む姿勢をアピールした。

志乃の解説でコツを得た俺は、一人では全く解ける気がしなかった問題を連続で解いていた。スポーツの世界でいう、ゾーンに入ったってやつだろうか。この調子でどんどん解いてしまおう。一心不乱にシャープペンシルを動かしていった。

俺が集中している間、志乃はベッドの上に座ってずっと静かにしていた。スマホでも弄っているのだろうと思い、仮にもお客様なのに放置して勉強させてもらった。

先日淳史《あつし》たちとやった勉強会とは比較にならないほど捗《はかど》る。むしろあれは勉強といってはいけないな。今この時間こそが、正しい学習時間と呼べる。

どのくらいの時間が経ったのだろう。

「隼ちゃん。そろそろ終わった？」

話しかけられて、ハッとする。時計を見たら、志乃が来てから五十分が経過していた。

振り向くと五十分前と同じ格好のまま、志乃はベッドの上に座って俺を見ていた。

「うわ、ごめんごめん！　志乃だからすっかり甘えちゃってたわ。なんか飲む？　っていうか、もう帰る時間とか？」

「ううん、違うけど……ねえ、彼女がいる男の子の家に上がり込むのは、やめた方がいいと思う？」

「へ？　志乃は幼馴染《おさななじみ》だし妹みたいなものだし、大丈夫だろ。ちょっと待ってて。下からなんか飲み物持ってくるから」

部屋を出ようと志乃の横を通り過ぎようとした瞬間、手首を掴《つか》まれた。

「……それはそれでムカつく。ここ、座って」

なぜか機嫌を損ねてしまったらしい志乃に命じられるまま、隣に座った。

ベッドの上に並んで座ると日和《ひより》ちゃんとのラブホでの一連を思い出しそうになるが、目の前にいるのは彼女とは似ても似つかない黒髪の幼馴染だ。

「仲村《なかむら》さんとは最近、どう？」

「めっちゃいい感じだよ。あんなに可愛い子が俺の彼女だなんて、凄くない？」

丸一日会っていない反動もあって、普段は自分から惚気《のろけ》たりはしないのについ幸せアピールをしてしまった。

「……ふーん、そう。ちなみに、わたしが一番好きな四字熟語は『臥薪嘗胆《がしんしょうたん》』、座右の銘は『忍耐』だから」

「それ、今の会話の流れと関係ある⁉　俺国語じゃなくて英語の勉強中なんだけど⁉」

何が言いたいのかさっぱりわからない。五十分も放置したことに対する仕返しなのだろうか。「テスト期間中だけどわたしのことで脳味噌《のうみそ》のリソースを使え」、みたいな。

「英語ねー……そういえばわたしの友達がこの間海外に行ったときに泊まったホテルが、すごく良かったんだって。綺麗な海が一望できて、三人でも寝られるくらい大きなベッドのあるお部屋だったらしいよ。羨ましいよね」

「三人？　へー、二人で入るのが当たり前のところだと思ってたけど、やっぱり女子会とかで流行《はや》ってるって話、本当なんだな」

「……友達は家族でリゾートホテルに行ったんだよ？　二人で入るのが当たり前って考えはどこから来たの？　……隼《しゅん》ちゃん、もしかして違うホテルと勘違いしてない？」

しまった！　完全に墓穴掘った！　さっき少しだけラブホのことを思い出したせいで、ホテルって聞いて無意識のうちにラブホだと思い込んでしまった。

胡乱《うろん》な目を向けてくる志乃から視線を逸《そ》らし、苦笑いするしかできなかった。

「隼ちゃんは彼女いるし、やっぱり……エッチなことってしたことあるの？」

「え⁉　いや、うーん……秘密！　志乃にはまだ早いよ」

俺がラブホを想定して話していたことは、すっかり見抜かれていた。

志乃は無言で俺を見つめている。長い付き合いゆえに、彼女が何か不満を言いたいであろうことはすぐに察したが、墓穴を掘った今、下手に俺から話は振らないでおく。

「……あ、あのね、隼ちゃん……わたし、隼ちゃんに……教えてほしいことが、あるんだけど……」

志乃の方から話を変えてくれて、ホッとした。

「そんな言いづらそうにしなくてもいいのに。まあ、俺に教えられることなんてなさそうだけどね。なんの教科？」

ただ真っ当な質問をしただけなのに、不思議な間があった。

じっと俺を見つめてくる志乃の言葉を待つ。彼女は俺の手の甲の上にその手を重ねて何かを言おうとしていたが、やがてそっと目を逸らして小さく息を吐いた。

「……ううん、なんでもない。ここですんなり言えるわたしなら、隼ちゃんとの関係はきっと違ってきたと思うから」

「え？　どういう意味？」

「……教えない」

志乃の言い回しは俺にとっては解読するのが極めて難しく、その意味を聞いても答えてもらえなかった以上、永遠に知ることはできないのだろう。

だがそれよりも気になるのは、なんだか志乃の様子が変なことだ。急に元気がなくなったようにも見えるし、心配になってきた。

「志乃、体調悪い？　俺のベッド使っていいから、ちょっと横になってるといいよ」

「……体調は悪くないよ。本当に大丈夫だから、心配しないで。……でも、お言葉に甘えてしばらく横にならせてもらうね」

そう言って布団《ふとん》を被《かぶ》る志乃を見て、気になりながらも俺は再び机に向かった。体調は悪くないとは言うけれど、志乃は毎日の勉強で忙しいだろうし、疲れも溜《た》まっているのだろう。少しは休めるといいんだけど。

「隼ちゃん」

しばらく経《た》ってから、志乃に声をかけられた。

「ん？　どした？」

「……呼んだだけ」

「……やっぱり、熱でもありそうだな。昔みたいな構われたがりの甘えん坊になってる

「いいでしょ？　今だけは。二人きりなんだし。ねえ……隼ちゃん」

「どうした？」

「ちょっとこっち、来て」

俺は志乃のことを可愛くて仕方がない妹みたいな存在だと思ってるし、恋愛とは違う意味で、大切にしていきたいと思っている。だからいくらしっかり者と言われてはいても、志乃が我儘《わがまま》を口にするときは全力で受け取めてあげようと決めている。

言われるがままにベッドに近づくと、志乃は小さな左手だけそっと布団の中から出した。

「手、握って。落ち着くから」

「いいよ」

俺はベッドの端の方に腰掛けて、その小さな手を優しく握った。

どれくらいそうしていただろうか。繋《つな》がれた左手だけ体温が混じり合ってきた頃、志乃は少しだけ潤んだようにも見える瞳を俺に向けて、告げた。

「……ごめんね、隼ちゃん」

「ん？　何が？」

小首を傾《かし》げる俺を見て、志乃はゆっくりと瞬《まばた》きをした後、静かに息を吐いた。

「わたし、そろそろ帰ろうかな。期末テスト、頑張ってね」

「あ、うん。勉強、教えてくれてありがとな」

何か言いたそうだったものの、ベッドから降りた志乃《しの》はそのまま「じゃあまたね」と言って部屋を出ていった。

今日の志乃はいつもと様子が違うようにも見えたけど、テスト直前の俺に深く追及する余裕はなかった。

日和ちゃんとの夏休みのためにも、頑張らないといけない。

気合を入れ直した俺は早速問題集の続きに取りかかり、集中して勉強に取り組んだ。

第六・五話　加賀谷咲《かがやさき》の恋愛観

【加賀谷咲の六月二十九日】

加賀谷咲は、親友の仲村日和とは正反対の性格であると自己分析している。

日和は人懐《ひとなつ》っこくて、その場にいるだけで皆の気持ちを明るくする子だ。対して咲は他人に冷たい印象を与えがちだし、積極的に人と関わろうとはしないタイプである。

そのせいか一年生の初めの頃は、咲は言葉足らずだったり付き合いの悪さだったりでクラスで孤立しがちだった。そんな咲に日和は気軽に話しかけてきて、咲の自然体を好ましく思ってくれて、あっという間に距離を縮めてきた。日和がいたから、愛花《あいか》や蘭《らん》、他にも友達の輪が広がって、楽しく学校生活を送ることができている。

だから、ずっと隼に片想《かたおも》いをしてきた日和の初恋が実ったときは本当に嬉《うれ》しかったし、日和が幸せになれますようにと、口に出して言うことはないけれど咲はいつも願っていた。

「暑いねー！　あ、この時期って手を繋ぐと、めちゃくちゃ手汗掻《か》いちゃうよね？　手汗のケアってどうすればいいんだろ？　男の子って気にするかなあ？」

三時間目の体育が終わり教室に戻ってきた日和は、ハンディ扇風機で風を浴びながら咲に尋ねてきた。

「日和は鏑木《かぶらぎ》くんの汗って気になる？　平気でしょ？　だったら鏑木くんもそんなに気にしてないだろうし大丈夫じゃない？」

咲は親友の恋愛話を聞くのが好きだ。日和が恋の話をするときは、純粋で、無垢《むく》で、とても可愛い。……聞いていて突っ込みを入れたり、呆《あき》れたりすることも多々あるけれど。

咲の返答に「そっかあ」と素直に頷《うなず》く姿を見て、日和は素敵な恋をしているのだなと安心する。隼とは何度か話をしているが、ヤリチンの噂《うわさ》こそあれ、優しいし日和のことを大切にしてくれている様子がちゃんと伝わってくる。

人は傷ついて成長するだなんて聞くけれど、大切な親友が傷つく姿はあんまり見たくないものだ。

「次現社なのキッツいわー……眠いけど、テスト近いから寝てらんないし」

「この間の咲が来なかった勉強会でさ、隼くんの友達の謙吾《けんご》くんが現社学年三位だって言ってた話したっけ？　見た目はちょっと怖いけど、凄《すご》いよね！」

「だって勉強会って絶対グダグダになるじゃん。あたし真面目に勉強したいし。謙吾くんは勉強教えてくれたりしたの？」

「……しなかった。最後まで皆でお喋《しゃべ》りしちゃったし」

「予想通りすぎる。鏑木くんのグループって皆遊んでるっぽくて苦手だし、行かなくて良かったわ。……蘭と愛花は無事？　森《もり》あたりに口説かれたりしてない？」

「話してみたら皆いい人だったよ？　ちなみに森くんはいなかった。用事があったみたいで……もしかして咲、森くんのこと気になってるとか⁉」

「……前にも言ったけどさ、ぜっっったいに、ないわ」

自分が傷ついたとしても、心のままに恋愛したい。

それは咲のポリシーでもあるが、付き合う前から明らかな地雷が見えているのに、自ら飛び込んでいく真似《まね》はしたくない。

……ただ、赤ちゃんをあやしたり困っている母親に声をかけたり、周りをよく見ていたりと、思っていたよりはしっかりした奴《やつ》だって見直した部分もあるけれど。

「えーでも、恋愛って何があるのかわかんないって、咲がよく言ってるじゃん」

「そうだけど……好きになりたくないの。ま、日和《ひより》と鏑木くんも一緒のときしか絡《から》まないだろうし、元々接点はないからこれ以上仲が深まることはなさそうだけどね。……ってわけだから、ダブルデートは諦めてね」

考えていることが顔に出やすい日和のリアクションに笑っていると、四時間目の授業が始まる本鈴が鳴った。

眠気からか、直前までしていた恋バナが原因か。テスト前なのになかなか授業に身が入らなかった咲は、静かに溜息《ためいき》を吐《つ》いてぼんやりと窓の外を眺めた。

好きになった人が誠実だったらいいのにとは思うけれど、誠実な人を好きになるわけではない。今までの彼氏は体目当ての男ばかりで、浮気《うわき》されることもざらにあった。

付き合っているときは夢中になってのめり込んでしまうから、男の本質に気づけないのも情けない話だ。本当は、日和の恋愛相談を受けてやれる立場にはないかもしれないけれど、逆に反面教師にでもなっていたなら救われる。

——次に好きになる人は、あたしのことを大切にしてくれますように。

咲の王子様が現れるのは一体、いつになるのだろうか。

彼女の人生《ものがたり》もまた、続いていく。

第七話　噂と不信感

【鏑木隼の七月八日】

期末テストが無事に終わった。

すべての答案用紙が返ってきたわけではないけれど、手応えは今までで一番ある。補講への強制参加は回避したに違いないという確信を抱くと共に、もう少しで始まる夏休みに早くも胸を弾ませていた。

俺と同様に自信を感じているらしい日和ちゃんも浮かれモードだ。ファストフード店でスマホを見つつ、スケジュールアプリに予定を書き込みながら彼女ははしゃいでいた。

「横浜の花火大会は、絶対一緒に行こうね！」

「うん、行こう。日和ちゃんはキャンプとかは興味ある？　もしあるなら、日帰りでもいいから近場で行ってみない？　俺も初心者だけど去年友達と行ったらめっちゃ面白かったし、一緒に行きたいなーって思って」

「えー！　楽しそう行く行く！　あ、キャンプもいいけど私あれも興味あったんだよね。グランピング！　森くんとか咲も誘って皆で行ってみたくない？」

「いいねー！　あ、でも日和ちゃんは男と一緒でご両親からお泊まりの許可は下りるの？」

「お父さんとお母さんなら大丈夫だと思うよ。……だけど……グランピングに行く前に一度、隼《しゅん》くんには家に来てもらいたいな。……しょ……紹介したいなー、なんて」

ご両親へのご挨拶ってやつか。緊張するけれど、これから日和ちゃんと長く真剣に付き合っていくつもりの俺にとっては、早めにやっておいた方がいいイベントだ。

「わかった。俺が時間合わせるから、ご両親が来ていいっていう日時を聞いておいて」

「うん、ありがと。あー、楽しみだなあ。隼くんとはもちろんだけど、来年は受験で夏休みどころじゃないかもしれないし、たくさんの友達といろんな場所に遊びに行きたいな。夏休みだし、やっぱり海とかプールかな。今度咲と新しい水着買いに行くんだー」

人が好きで人に好かれる性格をしている日和ちゃんは、友達が多い。だから夏休みは、俺以外にも遊びたい人はたくさんいるみたいだ。

「そうだね。でも……日和ちゃんの水着を他の男にあんまり見られたくないしナンパも心配だから、海とプールは俺と一緒のときだけにしない？」

「ヤリチンのくせに小さいこと言ってる」なんて思われてしまったらどうしようと、緊張しながら返事を待っていると、日和ちゃんはなんだか嬉しそうに笑った。

「うん、わかった。水着は隼くんとのデートのときしか着ないようにする！」

俺の我儘《わがまま》を快く受け入れてくれたみたいなので安堵《あんど》した。

「ありがと。ごめん、俺ちょっとトイレ行ってくるね」

少し席を外し用を足して戻ってくると、日和ちゃんが二人組の男に声をかけられていた。見た感じ、おそらくナンパだろう。

嫌な思いをしているだろうし早く戻らなければと焦《あせ》ったものの、席に近づくにつれ聞こえてくる声から、日和ちゃんは話しかけてきた男たちと和気あいあいと話しているみたいで肩透かしを食らった。

彼女の性格上、意味もなく人に冷たくしたり素っ気なくしたりするのは難しいのかもしれない。だけど……彼女の噂を気にしないようにしているとはいえ、知らない男と談笑している日和ちゃんの姿を目の当《ま》たりにするのは正直、あまり気持ちのいいものではない。

「あの、俺の彼女に何かご用ですか？」

俺が声をかけると、二人の男は顔を見合わせて「別に何も？」とヘラヘラ笑って去っていった。不快な気分にさせられたが、食い下がられるよりはいい。

「日和ちゃん、大丈夫だった？　ごめんね、俺が一人にしちゃったせいだ」

対面の椅子に座って、もう他の男が寄ってこないように存在を主張する。

「ふふ、隼くん過保護すぎー。大丈夫だよ、ただのナンパだし。でも、彼氏と来てるのでって断ってもしつこかったなー。粘ればついていくような女に見えたのかな」

「違うよ。日和ちゃんが可愛いからだよ」

楽しそうに会話の相手をしたら勘違いさせちゃうかもしれないよ、とは言わなかった。

明るく、誰とでもフレンドリーに話せるのは日和ちゃんの長所であり、俺の好きなところだ。俺がそれを口にすることで、日和ちゃんに性格を非難されていると受け取られたくなかったのだ。

「ありがと。でも……実はこの間も同じようなことがあったの。学校で他クラスの人に遊びに行こうって誘われたんだけど、隼くんと付き合ってるからって断ったんだよね。そしたら『彼氏とか関係なくね？　楽しければいいじゃん』って言われてさ。……やっぱ、今でも私って軽い女に見えているみたいだね。結構ショック」

俺と日和ちゃんが交際を始めて約三ヶ月。

お互い浮気なんてしないまま清い交際を続け、順調に仲を深めているにもかかわらず、俺と彼女が持つヤリチン、ヤリマンという不名誉な噂がなくなることはなかった。

「そんなことないよ。日和ちゃんがちゃんと、お……俺を好きだってことは、俺が一番よくわかってるから」

日和ちゃんを安心させたくて言った気障《きざ》ったらしい言葉に自分でのたうち回りたくなったけれど、彼女の表情が柔らかく変わる瞬間を見て、勇気を出して良かったと思った。

「そうだよ。私は隼くんのことが、大好きなんだよ。だから……男の子と話はしていても、隼くん以外には体を触らせたりとかはしないから安心してね」

そう言って少し頬を赤くしながら微笑《ほほえ》む日和ちゃんを見たら、胸の中の不安が浄化されていった。

「うん。俺はいつも、日和ちゃんのこと信じてるよ。夏休みが待ち遠しいね」

目と目が合った後、日和ちゃんは手のひらで頬を包んだ。

「……ねえ隼くん、どうしよう……私ね、夏休みが楽しみすぎる！」

弾《はじ》けるような笑顔を見た俺は、目尻を下げて大きく頷いた。

この甘酸《あまず》っぱく純粋な恋という感情の中に、色欲が存在することは隠せないし恥じもしない。夏休み中、俺たちはきっともっと仲が深まるし、その気持ちの線上に体を重ねる行為はあると思う。

自然に訪れるであろうその瞬間は、たぶんもうすぐだ。

――初体験まで、あと十五日――

【鏑木隼の七月十日】

来月、八月十日は日和《ひより》ちゃんの誕生日だ。

彼女は毎年友達に盛大に祝ってもらっているそうだけど、今年は俺からの誘いを待って予定を空けているみたいだと、咲《さき》さんがこっそり教えてくれた。

でも、そこには咲さんの優しい嘘《うそ》も含まれていると思う。

今までの誕生日、日和ちゃんの隣に彼氏がいたことだってあるだろう。友達に祝われた後で彼氏と遊んだか、丸一日彼氏と一緒にいたかはわからないけれど、過去の男と比べられてしまう怖さはある。

だが仲村《なかむら》日和の彼氏なら、これしきのことで怯《ひる》んではいけない。

十七回目の誕生日を盛大に祝ってあげたいという、彼女への気持ちに優劣はないはずだから。

とりあえずプレゼントは早いうちに準備しておきたい。当日はどこかのお店でサプライズのケーキを出してみるか？　俺の部屋を飾り付けして誕生日会仕様にして、二人でパーティーをするのもいいかも。

今のは完全に友人たちの話やネットで得た知識を参考に考えたものだけど、当日までに俺なりに全力を出してプランを練ろう。日和ちゃんの喜ぶ顔が見たい。

スマホが震えた。アプリを開くと、日和ちゃんから泣いているラクダのスタンプとメッセージが届いていた。

『暇だよー』

今日は日和ちゃんのプレゼントを探しに行くと決めていた俺は、用事があるからと前もって彼女からの誘いを断っていた。俺とデートに行きたかったと唇を尖《とが》らせていた日和ちゃんの顔を思い出すと、罪悪感を抱いてしまう。

『ここは勉強だ！　有意義な時間の使い方！』

『テスト終わったばっかでやる気でないよー。あ、久々にお菓子作りでもしよっかな！隼くん、食べたいのある？』

『作ってくれるの？　なんでもいいなら俺、プリンがいいな』

『プリンでいいの？　もっと難しいのでもいいよ？』

『プリンが好きなんだ。日和ちゃんが作ってくれるなんて楽しみだな』

『そう言ってもらえるとやる気でる！　よーし、張り切って材料狩って来ようっと！　隼くんの胃袋摑《つか》んで惚《ほ》れ直させるぞー！』

　牛でも狩りに行くのかと誤字にくすりと笑いつつ、『もう十分惚れてるよ』と返信をしてから外に出た。

　電車に乗って渋谷まで出た。暦は七月。コンクリートで囲まれた街はとにかく暑く、暴力的な日差しは被《かぶ》っていたキャップでは到底防げるものではなかった。ガンガンにクーラーの効いた商業施設の中に入ってようやく生き返り、少しだけコーヒーショップで水分補給をして汗が引くのを待ってから店を回りはじめた。

　プレゼントは服なんてどうだろう？　……いや、やめよう。日和ちゃんはお洒落《しゃれ》だし俺のセンスで選んでダサくしてしまったら申し訳ない。同じ理由で靴も駄目だな。……あ、前に雅久斗《がくと》が「靴を女の子にプレゼントすると破局するってジンクスがある」って言ってたっけ。迷信はあんまり信じたくはないけれど、付き合って最初のプレゼントだし慎重にいこう。

じゃあ思い切って、指輪だ！　……いや、いきなり重すぎるよな……日和ちゃんの指のサイズ知らないし。

……彼女は今までの彼氏に、指輪を贈られたことはあるのだろうか。

俺は一人で眉間を揉《も》んだ。このタイミングで、また胸の靄《もや》が発生してしまった。

この間のファストフード店でナンパされている姿を目撃して以来、今まで気にしてこなかったことを今更不安に感じている。

日和ちゃんは経験豊富な女の子だぞ？　指輪のプレゼントくらい、一度か二度はある可能性の方が高いだろうし、あまり考えないようにしよう。そんな子を彼女に持つヤリチンなら、これくらい余裕だと思わないと。

平常心に戻るべく深呼吸をしていると、視界の片隅に日和ちゃんによく似た女の子の姿を捉えた。家でお菓子作りをすると言っていた彼女がこんな都心に来ているとは思えないし、彼女のことを考えすぎて幻覚でも見たかな。

自嘲しつつ念のためその姿を確認しようとして——硬直してしまった。

少し離れた雑貨屋に、確かに日和ちゃんはいた。大きめのシャツにショートパンツという、俺とのデートのときよりもボーイッシュな格好をしていたものの、その可愛さは見間違いようがなかった。

ただ──男と一緒だった。

男はきっと年上だ。雰囲気から察するに大学生か、あるいは美容師やモデルの可能性もある。アッシュグレーに染めた髪に、左耳に大きなフープピアスを付けている。背が高く細身の体型をしていて、決して過度にお洒落しているわけではないのにシンプルなシャツとジーンズが似合っていて格好いい。

そして顔は誰が見てもイケメンだ。黒いマスクをしているから顔の下半分は見えないけれど、二重のくっきりした大きい瞳が人を、特に女の子を魅了するに違いない。

日和ちゃんとその男はとても親しげに商品を手に取って見ていた。時々男の方がちょっかいをかけたり引っ付きたがったりするのを、日和ちゃんは軽くあしらっている。だけど本気で嫌がっているような雰囲気ではなく、スキンシップの一環にしか見えない。

不安に駆られた心を落ち着かせようと、止まりかけていた頭を必死に働かせる。

そうだよ。俺だって女友達は多いし、メッセージのやり取りだってする。日和ちゃんだって男女問わず友人の多い陽キャグループの一員なのだから、学校でも学校の外でも、男友達との交流くらいあるだろう。あの男とはデートしているわけじゃなくて、たまたまここで会っただけかもしれないし。

……だけど、プリンの材料を買うだけで、渋谷まで来るか？　本当に、たまたまここで偶然会っただけの知り合いなのか？

——いけない。またネガティブな方に思考が働いている。

日和ちゃんを信じよう。彼女からは俺に対する好意を確かに感じるし、俺に向けるあの笑顔が偽りだなんて思えない。

そう気持ちを切り替えようとした瞬間、俺は目を見開いた。

日和ちゃんと男が肩からかけているショルダーバッグは、デザインや色の違いこそあれ、同じブランドのお揃《そろ》いのものだということに気づいたからだ。

男が彼女にプレゼントしたものだろうか。あんなハイブランドの鞄《かばん》なんて、いくらバイトを頑張っているとはいえ高校生の俺にはとても手が出せない。

劣等感を滲《にじ》ませつつも二人から目を離すことができずにいると、男が日和ちゃんの髪を触った。日和ちゃんは何かを言っているようだが、その手を振り払うことはしなかった。

『そうだよ。私は隼《しゅん》くんのことが、大好きなんだよ。だから……男の子と話はしていても、隼くん以外には体を触らせたりとかはしないから安心してね』

先日、彼女の声で聞いた言葉が思い出される。

大きなショックを受けている頭の片隅を、あの噂《うわさ》が過《よ》ぎっていく。

──仲村日和って、自分が嫌じゃない男にはすぐに体を許すヤリマンらしいよ。

高校入試の日、好きになったあの日からずっと日和ちゃんのことを目で追い、想《おも》い続けてきた。

片想いの立場から、彼氏としての立場から、違う角度で彼女のことを見てきた自分自身に問いかける。

俺が今までこの目で見てきた日和ちゃんは、浮気《うわき》をするような女の子なのか？

違う。断じて、違う！

だけど、そう思いたいのに自分に自信のない俺の心は、すぐにまた不安に覆われる。

大切に、慎重にと思って手を出さなかったことが裏目に出て、刺激が足りなかった結果なのだとしたら？

俺が童貞なばかりに彼女を満足させてあげられなかった結果が、今の男との関係なのだとしたら？

拳を力強く握り締めた。なんだよ俺。ダサすぎるだろ。

彼女を侮辱するような、あんな噂一つに翻弄される自分が情けない。

見栄《みえ》を張り続けて拗《こじ》らせた、童貞に対するコンプレックスが情けない。

こんな気持ちになるのなら、日和ちゃん本人にあの噂について勇気を出して聞いておけば良かった。彼女の口から否定の言葉を聞けていたら、今とは違う心境で現状を捉えられたのかもしれなかったのに。俺の落ち度だ。

今はとてもプレゼントなんて見繕える心境ではない。胸の中に渦巻き始めたマイナスの感情を振り払えないまま、俺はキャップを目深《まぶか》にかぶり直して、そのまま店からも商業施設からも撤退して帰宅した。

——初体験まで、あと十三日——？

【鏑木隼の七月十一日】

翌日。俺は学校では皆の前でも日和ちゃんの前でも普段通りの態度を取っていた。いや、取っているつもりだった。

放課後になって日和ちゃんと一緒に帰っている道すがら、彼女はおそるおそるといった感じで聞いてきた。

「……もしかして今日、隼くん怒ってる？　私、何かしちゃった？」

「え……な、何もしてないよ？　別に怒ってないし……どうして？」

「だってなんか、いつもより素っ気ないし……」

俺の不安はわかりやすく態度に出てしまっていたようだ。いけない。日和ちゃんが浮気している確証なんてないのに、心配させる態度は良くなかった。

だけどこのまま胸のうちに抱えていても、やはり気になってしまっていつも通りが難しい。やましいことがなければ正直に話してくれるだろうし、思い切って聞いてみることにした。

「……日和ちゃんはさ、昨日はずっと家にいたの？」

「え？　うん。少し買い物に出かけたくらいで、あとはプリン作りに励んだよ。今は冷蔵庫で冷やしているから、この後ウチまで送ってくれるお礼に渡すからね。結構上手にできたと思う！　カラメルソースがね――」

日和《ひより》ちゃんの言葉は、後半から全く頭に入ってこなかった。

なんですぐ話を逸《そ》らしたんだろう。……やましいことがあるから？

「あ、そうそう。プリンといえばなんだけど、北海道の極上プリンって食べたことある？　最高の牛乳を使った特濃のやつで、通販だとすぐ完売するから手に入れるのが超大変なんだよ。この夏休み中は難しいかもしれないけど、いつかは二人で北海道旅行とか行ってみたいよね」

……いけない。冷静になれ俺。彼女との会話に集中しろ。

「いいね。海鮮とかジンギスカンとか、美味《うま》いものいっぱい食べたい。あ、俺夏休み入ってすぐにさ、雅久斗《がくと》たちと一泊二日で箱根旅行に行くことになったんだ」

「わー、いいな旅行！　男の子だけで行くの？」

「うん。男四人で行き当たりばったりの旅」

「楽しそう！　でも、可愛い女の子がいても浮気しちゃ駄目だよ？」

「するわけないじゃん。……お土産買ってくるよ。あえてお揃いのキーホルダーとか？」

集中なんてできない。日和ちゃんが男とお揃いのブランドバッグを身に付けている光景が、頭から離れていない。

冗談の中にも隠し切れない嫉妬に日和ちゃんは気づくはずもなく、

「隼くんが買ってきてくれるものなら、なんでも嬉《うれ》しいよ。あーでも、旅行に行っちゃう期間は寂しいなー。その間は、私もパーッと遊んじゃおうかな？」

彼女が何の気なしに発したであろう言葉だったのに、俺の心は大きく乱された。

――誰と遊ぶんだろう。やっぱり、あの男か？

口に出すことが憚《はばか》られるほどみっともない、悔しさと悲しさと怒りの混在した真っ黒な感情。

この初めての気持ちは、とても自分の中だけで昇華できる類のものではなかった。

唇から零《こぼ》れた瞬間に彼女を傷つけてしまうとわかっているから堪《こら》えたかった言葉なのに、気がつけば俺は意図的にぶつけていた。

「……夏休みはさ、俺以外の男とも遊んできたら？　きっと、俺だけじゃ日和ちゃんは満足できないだろうし」

俺たちの間に流れている空気の色が、変化したのを感じ取った。

我に返った俺が日和ちゃんの様子を窺《うかが》うと、最初は驚いて放心していた彼女の表情はみるみるうちに泣きそうなものに変わっていった。

「え……どうしたの？　な、なんで……そんなこと言うの？　私が好きなのは隼くんだけだよ？　隼くん以外の男の子と遊ぶつもりなんてない」

「……日和ちゃんは友達も多いし、無理しなくてもいいよ」

「無理してるわけないじゃん！　……わ、私何かしちゃったかなあ……？　わかんないよ。教えてよ、隼くん……」

最後の方は涙声だった。悲痛な彼女の声を耳にした俺の目頭も、熱くなっていく。

泣きたいのは君だけじゃないよ。付き合っている彼女のあんな現場を目撃してしまった俺だって、本当は思いっきり泣いて問い詰めたい気持ちなんだ。

だけど、そうやって自分の気持ちのすべてを口に出してしまうなんてできない。

俺は鏑木《かぶらぎ》隼。事実でなくとも、ヤリチンで名の通った男である。

そいつは一人の女の子にみっともなく自分の感情を曝《さら》け出して、縋《すが》りつくような真似《まね》はしないはずだ。そんなことをしたら、「鏑木隼」という男を好きになった日和ちゃんに幻滅されかねない。

この期《ご》に及んでまだ見栄を張り続けることを選択した俺が、次に口にする言葉はもう決

まっている。

息を整える。声が震えないように細心の注意を払いながら、瞳に涙を浮かべた彼女をしっかりと見据えて、告げた。

「ごめん。俺たち、しばらく距離を置かないか？　頭を冷やしたい」

日和ちゃんは何か言いたそうにしていたが、結果的には大粒の涙を流したり嫌だと抵抗したりすることもなく、静かに頷《うなず》いて俺の提案を受け入れた。

そのこともまた、彼女の中では俺も歴代の彼氏の中の一人に過ぎないと言われているようで、胸が痛くなった。

【仲村日和の七月十一日】

隼くんと別れてからどうやって家に帰ってきたのか、まるで覚えていない。

陽が沈んでから帰ってきたお母さんに声をかけられたことで、私はようやく自分が自室でへたり込んでいたことに気づかされた。「大丈夫だよ、疲れているだけ」と無理に笑顔を作ってお母さんを部屋から追い出して、再び一人にしてもらった。思春期の娘を持つ母親らしい、深く追及してこない優しさに感謝した。

だけど一人になると強張《こわば》った隼くんの表情やいつもよりも低い声、そして告げられた言葉だけが思い出されて、瞳から涙を零すことしかできない。

どうして、こんなことになってしまったのだろう。

隼くんと付き合いはじめてからは毎日、学校が楽しみで仕方がなかった。

彼に会えることを思うと朝日を焦がれた。夜は肌も髪も綺麗《きれい》だって思ってもらえるように念入りにお手入れをして、体型維持のために筋トレもしていた。

ううん、それだけじゃない。隼くんと付き合ったせいで成績が落ちたなんて死んでも言われたくなかったから、期末テストの勉強も今まで以上に頑張った。ありきたりな言葉だけど、恋の力って凄《すご》いと思っていた。

それなのに、今の私は無気力状態で手足を動かすことすら不可能だ。

プリンの話が気に障《さわ》った？

『怒ってる？』って聞いたことがウザかった？

『可愛い女の子がいても浮気しちゃ駄目だよ？』って釘《くぎ》を刺したことが、イラつかせた？

『あーでも、旅行に行っちゃう期間は寂しいなー。その間は、私もパーッと遊んじゃおうかな？』って言ったから？

彼氏が友達と旅行に行くのが寂しいって言うのは、重かったのかも。パーッと遊んじゃおうかなって発言も、隼《しゅん》くんからしてみれば自分がいない間に羽を伸ばすかのように遊びに行く宣言をされたみたいで、嫌な気持ちになったかもしれない。


……ううん、違う。隼くんは朝からずっと変だった。

そういえば、昨日の夜はメッセージを送っても返って来なかった。今朝『寝落ちしてた。ごめんね』と返ってきたけれど、きっと隼くんは昨日から私に怒っていたのだろう。

……こういう浅慮しかできない自分に呆《あき》れる。優しい隼くんが見せた、あの態度。たぶん、昨日今日だけの問題じゃない。

今まで私に対して積み重ねてきた不満がついに、爆発してしまっただけの話なのだろう。

隼くんは、私を責めるような言葉は口にしなかった。

だけど、隼くんにあんなことを言わせたのは私のせいだ。

『……夏休みはさ、俺以外の男とも遊んできたら？　きっと、俺だけじゃ日和ちゃんは満足できないだろうし』

ほとんど思考の働かない頭を懸命に使って考える。

俺以外の男ってハッキリ言われたってことは……隼くんはこの間、私がナンパされたとき男の人と楽しそうに会話をしちゃったことに、本当は怒っていたのかな。

話しかけられたときに無視するのが苦手な私が悪いんだけど……でも隼くんは、私が男の人と話をするだけなら気にしない気がする。

──待って。もしかしたら……満足できないだろうって言われたのは、遠回しに隼くんは私に満足していないって伝えたいのかもしれない。

心当たりは、ある。私はヤリマンだって噂されているくせして、隼くんの期待に応えられる態度が取れなかった。

彼の言動に対していちいち顔を赤らめてしまうことが多かったし、緊張しておかしなことを言ってしまうこともたくさんあった。女の子に慣れている隼くんからしてみたら、「こいつ結構面倒臭いな」と思ったのだろう。

スマホが震えて着信を知らせた。出る余裕なんてなかったけれど、表示されている名前を見たら無意識に手が伸びていた。

「……咲《さき》……どうしよう……」

『え、泣いてんの？　どうしたの⁉　なんかあった⁉』

今日のこと、そして今私が考えていることを、泣きながら大まかに話した。

咲は相槌《あいづち》を打ちながら、静かに聞いてくれた。

「ラブホに行ったときもさ、あ、あのとき私、急に怖くなって隼くんとのエッチを拒否しちゃったでしょ？　優しい隼くんは無理にヤろうとはしてこなかったし、あれからもずっと大切に扱ってくれていたけれど……馬鹿な私が気づかないまま優しさに甘えていただけで、隼くんの中では不満が募っていったんだと思う……」

『うーん……それは否定しない』

「こんなことになるのなら、素直に処女だって伝えていれば良かったのかなあ……！　実はエッチどころか、男の子と付き合うことも初めてなんだって、正直に打ち明ける機会は何度もあったのに……」

『……でも、日和はそれをしなかったでしょ？　後悔してもしょうがないよ。これからのことを考えよう。大丈夫。まだ別れたわけじゃないんでしょ？』

隼くんと一緒にいるのが楽しくて、彼女という肩書を手放したくなくてできなかった。処女だとバレて引かれてしまうのが怖かった。振られてしまうことを恐れたからだ。

「……だけど……今更処女でしたなんて告白、できないよ……！」

今まで見栄《みえ》を張り続けてきた代償がこの結果なのだとしたら、受け入れるしかないのかもしれない。

一筋の涙が頬を伝っては落ちていく。拭うための指すら、やはり動かせそうにない。

隼くんは優しい。隼くんは格好いい。隼くんを好きな女の子は学校だけでも数え切れない。いほどいるのだから、世の中にはもっとたくさんいるに違いない。

バイト先の先輩のちはるさんも、幼馴染《おさななじみ》の志乃《しの》ちゃんも、きっと彼のことが恋愛的な意味で好きだ。たとえ今は自覚がなくてもそのうち、気持ちが抑えられなくなるときがやってくる。魅力的な女の子に好意を伝えられたら、隼くんだって心が揺れるだろう。

そうなったとき、彼の隣にいるのは私じゃなくなるの？

絶対に嫌だと叫び出したくなるけれど、嘘《うそ》つきで見栄っ張りな私なんかより、隼くんにはもっと相応《ふさわ》しい女の子が似合うよねとも思ってしまう。

『落ち着いて日和《ひより》。鏑木《かぶらぎ》くんは、女の子を体だとか経験のありなしで見るような人じゃないでしょ？』

「……うん……隼くんは本当に、素敵な人だと思う」

だけど、私は自分に自信がない。私よりもっと相応しい人が隼くんと付き合うべきかもだなんて考えてしまうから、さっき隼くんに距離を置こうと言われたときにも縋れずに一歩引いてしまった。

「隼くんを諦めたくなんてない。我儘《わがまま》が許されるなら、これから先もずっと隼くんに側にいてほしいよ。でも……」

彼の優しさに甘えすぎてきた見栄っ張りの私にはもう、隼くんの彼女である資格なんてないのかもしれない。

【鏑木隼の七月十四日】

来週からはいよいよ夏休みということもあり、晴丘高校《はれおかこうこう》ではすでに夏休みモードに突入している生徒が大半だ。特に俺の友人たちは雅久斗《がくと》を筆頭に浮かれまくっている。

俺一人が暗い顔をしていたら、せっかくの楽しい雰囲気を台無しにしてしまいかねない。だから皆に話を合わせて一緒に笑って、円滑なコミュニケーションを意識して取りたいと思っているのに、

「あれ？　そういえば昨日も今日も、仲村《なかむら》の姿見なくね？」

「俺もそう思ってた。何？　別れたん？」

事情を知らない淳史《あつし》や謙吾《けんご》の詮索というより無邪気な質問が、塞がらない俺の胸の傷に鋭いパンチを決めてくる。日和ちゃんはよく俺のクラスに顔を出していたし、俺たちは必ず一緒に帰宅していた。友人たちが気づかないはずもなかったのだ。

「いや……少し距離を置いてるだけ。別れてはいないよ」

自分から話す必要はないと思っていただけで、彼女との現状を隠すつもりなんて元々なかった俺は、友人たちに聞かれた質問に対して誤魔化すことも嘘《うそ》を吐《つ》くこともせず淡々と回答をした。

「へー、そうなん？　夏休み前なのにフリーになるとか、もったいねーな」

「まあ隼ならいくらでも女は見つかるだろうしな」

軽い感じで流してくれるのがこいつらなりの慰め方だと知っている俺は、「うるせーほっとけ」なんて笑いながら返した。唯一、俺が日和ちゃんのことをどれだけ好きか理解してくれている雅久斗だけは心配そうに声をかけてきた。

「なかむーと距離置いてるって、マジ？　隼、大丈夫か？」

「ああ、心配かけてごめんな。少し冷静になりたいだけだからさ」

俺が冷静に日和ちゃんと対峙《たいじ》できるようになるまでの時間をもらっただけで、彼女と別れたいなんて思っていない。

我儘かもしれないけれど、俺が卑屈になってしまうことが原因で彼女を傷つけてしまうのならば、少しだけ距離を置くことでどうすれば見栄を張らずに拗《こじ》らせた意識を改善して彼女と接することができるようになるのか、対処方法を考えたかった。

「そうか……でもな、お前となかむーは自分たちが思っているよりずっと有名人だってことを、自覚しておいた方がいいと思うぞ」

そう言われたとき、正直俺は雅久斗の言葉の意味がよくわからなかった。

だけどその後すぐに、この身をもって痛感させられることになる。

日和ちゃんと距離を置いていると話した次の日にはもう、学校中のいたるところで俺たちは噂《うわさ》されていた。

「鏑木と仲村は別れたらしい」

「どうせ隼が浮気《うわき》したんだろ？」

「仲村日和が二股していたみたいだけど」

「元々お互いにセフレだって話だったろ？」

「三ヶ月くらいか？　ヤリチンヤリマンカップルにしては長かった方じゃね？」

なんの根拠もない、根も葉もないものばかりだった。

胸糞《むなくそ》悪い話も当たり前のように耳に入ってくるし、興味本位から直接質問をぶつけられることも多かった。ということは、日和ちゃんの耳にも当然のように噂は届いているだろうし、俺と同じように不躾《ぶしつけ》な質問攻めにあって心を痛めているかもしれない。

なんでだよ。俺は有名人でもなんでもない、ただの高校生だ。

それなのにどうして、勝手な噂や推測が面白がられて拡散されていくのか。

見た目や付き合う友達から憶測されたに過ぎない印象だけで、どうしてあることないことを言われなければならないのか。

今までに感じたことのない怒りを覚える。

噂って一体、なんなんだろう。

見栄を張らざるを得なくなったり、取り繕わなければならなくなったり、振り回されたり、傷つけられたり、本当に馬鹿みたいだ。

【鏑木隼の七月十九日】

放課後、俺は友人たちとファミレスで夏休みの計画を立てながら駄弁《だべ》っていた。

「玲奈《れな》、そのネイル可愛い！　わたしも夏っぽいのに変えようかなー」

「ネイルねえ……男からしてみると、全然いいとは思えないんだよな。そんな爪で料理とかできねえだろ？　隼《しゅん》は肯定派？」

「俺はどっちでも。っていうか、ネイルしている女の子は別に男のために爪を綺麗《きれい》にしているわけじゃないだろ。自分のテンションを上げたいんじゃない？」

「そうそう！　自分のためにやってんのに、文句言われる筋合いはないっつの！　やっぱ隼は女の子の気持ちわかってるね！」

俺の隣に座っていた玲奈は嬉《うれ》しそうに腕にしがみついてきた。

四月に俺が彼女からの告白を断り、日和ちゃんと交際を始めてからは普通に友人として接してきたが、ここ数日は彼女からのボディタッチが増えているような気がしている。

「大体、なんで淳史は料理を作ってもらう体《てい》で話してるの？　誰もアンタに手料理なんて振る舞わないって！」

「はあー!?　うっせー！　作れよ！　作ってください！　結婚してください！」

「そんなプロポーズサイテー！　雑すぎー！」

たわいのない話で笑い合う友人たちを、どこか遠い目で見ている俺がいた。

いつもだったら俺も輪の中で何か発言をして、笑っているところだ。

でも今はどうしても、乾いた笑みしか浮かべられない。

「隼、やっぱ元気なくね？　仲村と別れたことまだ引きずってんの？」

別れてないと言ったのに、噂が噂を呼んでいつの間にやら完全に別れたことになっていた。こいつらには直接説明したはずなのに、目まぐるしく回ってくる最新の噂によって事実が上書きされてしまったらしい。

別に責めているわけではない。噂という強すぎる力に、ただただ圧倒されているだけだ。

「他校の女子で一個下だけどさ、隼に紹介しようか？　中学のときのバスケ部の後輩なんだけど、お前の写真見せたら超タイプって食いついてきたし」

だから、別れてないって。そう言おうとしたのに、話はどんどん進んでいく。

「だったらその子に面子《メンツ》集めてもらって合コンしようぜ！　俺も夏休みに向けて彼女が欲しいと思ってたんだよ！」

「いいじゃん！　な、隼の予定教えろよ。土曜は毎週バイトか？」

ありがとう、でも今は女の子はいいや。いつもみたいにたった一言、そう返せばいいだけの話だった。

だけど、何かが心の中でプツンと切れてしまった。

「……なんでもかんでも女の子に繋《つな》げようとすんなよ。女の子なら誰でも俺が喜ぶと思ってるのか？」

なんで、普段できていることができなくなってしまったのか。

淳史たちが俺を元気づけようと、明るく振る舞ってくれていることくらい理解している。

それなのに、心が鏑木隼という人格を取り繕うのを放棄したようだった。

それは俺の心を守ろうとする防衛機能が働いた結果だったけれど、俺は友人たちの優しさを踏みにじるような真似《まね》を働いてしまったことに瞬時に青ざめた。

「ご……ごめん。言いすぎた」

「お、おう……俺らこそわりいな。隼がそこまで仲村のことを引きずっているとは、思ってなかったんだよ」

「……でも、そうだよな。お前ら本当に仲良さそうだったし、隼、仲村さんのことめっちゃ好きそうだったもんな。……わりい、お前の気持ちないがしろにしてたわ」

申し訳なさそうに謝る友人たちを見て、ますます罪悪感が強くなっていく。

友達想《おも》いの彼らに俺は心ない言葉をぶつけてしまった。八つ当たりもいいところだ。

「……今日は先に帰るよ。空気悪くしちゃって、ごめんな」

先に帰る俺を心配してくれる友人たちに背を向け、俺は一人で店を出た。


叶《かな》うのならば、高校の入学式からやり直したい。

自分を変えようなんて思わずに、中学校の頃のように地味な鏑木《かぶらぎ》隼のままだったら、こんな思いはしなかったはずだ。

でも、そうなったら日和《ひより》ちゃんは俺を選ばない。彼女に触れてしまった今の俺はもう、そんなの堪えられる気がしない。

現実逃避すらできない俺は、もう何もかもが嫌になっていた。


【鏑木隼の七月二十一日】

日和ちゃんと顔を合わせることのないまま、終業式が終わった。

「隼。話があるの。ちょっと付き合ってよ」

玲奈が昇降口で俺を待ち伏せしていた。

「バイトの時間までなら、いいよ。歩きながら話せる内容？」

「……隼、変わったね。前は予定が入っていても、深刻そうな顔をしていたらあたしを最優先してくれたのに」

玲奈の口の端が皮肉っぽく吊《つ》り上がるも、目元は寂しげだった。

「……変わってないよ。ただ、優先順位を付けるようになっただけ。俺にとって今一番大切なのは、日和ちゃんだから」

二人で校門に向かって歩きながら、会話を再開する。

「……距離を置いてるって言ってたくせに、まだ好きなんだ？　ふーん……なんだかややこしいことしてるよね」

一人の女の子に向けた誠実な対応は、その他の女の子をないがしろにする対応と同義らしい。玲奈は元々感情的な女の子だけど、俺の一連の言動で何かのスイッチを押してしまったようであからさまに不機嫌になった。

「隼はさ、四月にあたしに告白されたことって、覚えてる？」

「忘れるわけないじゃん。食堂で食べているときだったよね。あれはビックリした」

俺の返答に玲奈は顔を綻ばせ、嬉しそうに胸に手を当てた。

「良かった。隼にとっては告白されることなんて日常茶飯事だと思うから、三ヶ月前に食べた夕食って何？　って聞かれるレベルで忘れられているかと思った」

「そんなわけないだろ？　ちゃんと覚えてるよ」

ずっと友達だった玲奈のように、仲の良い子だったら尚更《なおさら》だ。

女の子を振った後や別れた後は大抵疎遠になると雅久斗《がくと》や友人たちは口を揃《そろ》えるけれど、俺は告白してくれた女の子とは振った後も友達でい続けることが大半だ。

俺が望んで選択してきたことに対して、雅久斗は「優しいのか残酷なのかわからん」と言っていた。今まではよく理解できていなかったその言葉の意味を、俺はようやくこの身で学ぶことになる。

玲奈が足を止めたのは校門を出て一度曲がった、寂れた小さな公園の前だった。

勘の悪い俺だって、玲奈の覚悟を決めたような顔と人気《ひとけ》のない環境が作り上げる静かなシチュエーションに、彼女が何を言わんとしているのか察した。

「隼の、そういうところが好き。……今もだよ？　振られてからもずっと、隼のことが好きなの。ねえ、あたしじゃ駄目なの？　あたし、隼のこと大好きだよ？　浮気とか絶対にしないし、超尽くすし」

玲奈は一度目よりも真剣な顔――強張《こわば》りすぎているようにも見える顔で、俺をその目に焼きつけるかのごとく見つめながら息を吸った。

「だから……あたしと付き合ってください。お願いします」

ああ、そうか。玲奈が勇気を振り絞ってくれたおかげで、俺を諦めきれなかった女の子がどんな思いをするのかを知り、胸が掻《か》き毟《むし》られるような罪悪感を覚えた。

鬼気迫るような気迫と泣き出してしまいそうな緊張が、痛いくらいに伝わってくる。

女の子は、何度も、何度も俺に傷つけられる羽目になるのだ。

それは真綿で首を絞められる行為と何も変わらない。

「……ごめん。俺には彼女がいるから、玲奈とは付き合えない」

気持ちに応えられなくてごめん。今まで振り回してしまってごめん。いろんな「ごめん」を一言に込めて、深く頭を下げた。

「……どうして？」

シャツの胸部を両手で掴《つか》まれた。玲奈の声は震えていて、その瞳には涙が滲《にじ》んでいた。

「どうしてあたしじゃ駄目なの？　たくさん遊んできたんでしょ？　試しに一回くらい付き合ってくれてもいいのに！」

自暴自棄な発言を聞いて、なんとか落ち着かせたいと思った。

だけど彼女を抱き締めて宥《なだ》めるなんてできない。もうこれ以上、彼女を期待させる行為をしてはいけないと思った。

仮にヤリチンと呼ばれる男たちがこんなときに取る行動が、抱き締めたりキスをしたり、あるいは抱いてしまうことだとしたら、俺はもう見栄《みえ》なんて張らない。そんなくだらない見栄で女の子を傷つけるなんて馬鹿げている。

「俺を見てよ、玲奈」

そっと肩を摑んで、不貞腐《ふてくさ》れたように顔を背ける玲奈に声をかける。

「俺は玲奈には、実際に自分の目で見たものを信じて、自分の心で俺がどういう人間かを判断してほしいと思ってるよ」

そう口にした瞬間に、自分の言葉にハッとさせられた。

日和ちゃんが持つ噂《うわさ》に惑わされて、踊らされて、彼女の内面を見られなくなっていたのは俺自身じゃないか。

身も蓋もない勝手な噂によって見栄を張らざるを得なくなってしまった、格好つけざるを得なくなってしまった俺が一番、噂に傷ついている日和ちゃんの気持ちに寄り添わなければならなかったのに。

俺の言葉一つで赤面したり、動揺したり、笑顔を見せるあの子はきっと、皆が思っているような女の子じゃない。絶対に。

「……そっか。そうだよな」

玲奈《れな》のおかげで気づきを得た俺は、胸中で彼女に感謝を告げてから、自分の中で出た答えを確信にするために尋ねた。

「……玲奈は俺のことを、噂通りの男だと思う?」

童貞という事実を隠したくて、噂を否定しないまま見栄を張って過ごしてきた。

だけどどれだけそう振る舞っていたって、俺は女の子とエッチしたことのない正真正銘の童貞なのだ。

だったらもう、噂で修飾されないありのままの鏑木隼を曝《さら》け出そう。

見栄も張らない、格好もつけない本当の俺で、もう一度日和ちゃんに告白しよう。

裸を見せなければ始まらない関係があるのなら、行動に移すのはきっと、今なんだ。

やっと俺と視線を合わせてくれた玲奈は、しばらく俺を見つめた後で、ふっと笑ってかぶりを振った。

「……違う。隼《しゅん》は……隼はいつだって、あたしに対して……誠実だったね」

大切なことを学ぶことができた俺は、一つの決意を固めた。

☆

その夜、俺は日和ちゃんに一通のメッセージを送った。

本当に大切なことは自分の目で見たものでしか判断できないし、見てもらうことでしか理解されないから。

だから彼女に会いたかった。会って、目を見て話をしようと思った。

たとえその結果が、どう転ぶのかわからなくても。

――初体験まで、あと二日――？

第八話　初体験

【仲村日和の七月二十一日】

覚悟はしていたつもりだった。

だけど隼くんから久々に届いたメッセージを開いた私は、ひとしきり動揺した後で涙が溢《あふ》れて止まらなくなってしまった。

『話したいことがある。明後日《あさって》会えないかな？』

距離を置いている期間にこんなメッセージが来る理由は一つしかないだろう。隼くんはきっと、私に明確な別れを告げようとしているのだ。

うやむやにして自然消滅を狙ってこないあたり、隼くんはやっぱり誠実な人だと思う。

私みたいに経験豊富って噂がある女の子相手でも、最初から最後まで本当に大切にしてくれるんだね。

　だから初めて会ったときよりもずっと、好きになってしまった。

　涙を拭いながらも、これから隼くんに大切にされるであろう未来の女の子に、嫉妬する気持ちを抑えられなかった。

　隼くんの隣にいるのはずっと私でいたかった。だけどもう、そんな我儘《わがまま》を言うことも許されなくなるんだ。

　誰に何を言われても、百人に嫌われても、隼くんだけが私を好きでいてくれたらそれでいいと思ってきた。気持ちも処女も、全部隼くんにあげようと決意していた。

　だけど、この想《おも》いはこのまま心の中に封印しよう。

　だって結局、彼に伝えることができなかった。

　私は隼くんに幻滅されるのが嫌で、ついに最後まで自分が処女だって告白できなかった。

　噂を否定しなかったせいで、いざエッチをする流れになったときにも打ち明けられずに、隼くんの気持ちを冷やしてしまったのだから。

　だったらせめて、これ以上隼くんを困らせることのないように、噂に恥じない終わり方をしようと思った。

　ずっと張ってきた見栄。ここで張れないなんて女じゃない。

『大丈夫だよ。マンション近くの公園でもいい？』

そう返信した私は、クローゼットの中から一番可愛いと思っている服を取り出した。ついでに、下着も。それから、ジュエリーボックスの中からお気に入りのピアスを選ぶ。

二人で会うのはきっと、最後になるだろうから。隼くんの記憶の中に少しでも、可愛いと思ってもらえる私を残しておきたいし。

服の上に、涙が落ちた。いけない。明後日は絶対、別れ話の途中で泣いちゃ駄目だ。隼くんを困らせてしまう。

……だけど、今はちょっと無理かも。

我慢という感情を一旦遠くへと追いやって、私は思いっきり泣いた。

【仲村日和の七月二十三日】

やってきた土曜日。

隼くんは十六時までバイトだったのに、待ち合わせ場所の公園に十五分前に着いた私よりも早く来て、ベンチに座って待っていた。木陰でスマホを見ている横顔がまた端整で、遠目から見ても絵になる人だなと思った。

……見惚《みと》れている場合じゃない。急いで駆け寄って、両手を合わせた。

「ご、ごめんね隼くん。待たせちゃった？」

「待ってないよ。俺が早く来たかっただけ。っていうか今日、夕方なのにめちゃくちゃ暑いね。どこかお店入ろうか？」

こんなやり取りも今日が最後になるのだと思うと、いちいち泣きそうになってしまう。

隼くんの言葉も、彼が纏《まと》う雰囲気も全部噛《か》み締めようと思った。

綺麗《きれい》な顔を目に焼き付けるように見ながら、強がりの笑顔を見せる。

「ううん、大丈夫。隣座ってもいい？」

もしお店の中でうっかり泣いてしまったら、隼くんにもお店の人にも迷惑をかけてしまうから外の方が都合がいい。

「急に呼び出しちゃってごめんね。どうしても日和《ひより》ちゃんの顔を見て、直接言いたいことがあったんだ」

心臓が跳ねる。もう本題に入っちゃう。私たちの関係がもうすぐ、終わってしまう。

隼くんと目が合う。動け、私の唇。隼くんだけに辛《つら》い役目をやらせないって、嫌な思いをさせないって、経験豊富な女の子らしい終わり方をしようって決めたはずだ。

無理やり口角を上げて、笑顔を作った。

「や、やっぱり私みたいに変な噂がある子と付き合ってると、嫌な思いをしちゃうよね！　そのくせ私、ラ、ラブホでも、その……できなかったし……あはは、本当期待外れな彼女でごめんね！　だから……だからその……」

ああ、だから私は駄目なんだ。こうして自分から別れ話をしようとするのは隼くんの負担を減らすためだとか言っておきながら、自分が傷つくのを少しでも和らげようとする逃げでしかない。ただ予防線を張っているだけに過ぎない、なんて格好悪い女なんだろう。

こんな私は、やっぱり隼くんの彼女には相応《ふさわ》しくない。

目にじわりと熱いものが込み上げてくる。いけない。隼くんを困らせたくないと思っているのに。絶対に泣かないと決めていたのに。これ以上言葉を紡《つむ》げば、堪《こら》えきれないモノが瞳から溢れてしまいそうだった。

「そんなこと言わないで。日和ちゃんの噂なんて、どうでもいいんだ」

隼くんはこんな私を、真剣な表情でじっと見てくれる。

「俺、日和ちゃんにずっと言いたかったことがあって……引かれちゃうかもしれないけれど、聞いてほしい」

「……うん。わかった」

目を逸《そ》らしたくても逸らせない隼くんの魅力に醜い私が吸い寄せられていると、彼の唇がついに開いた。

「……俺、実は童貞なんだ」

この状況下で彼の唇から紡がれるにはあまりにも予想外だった言葉に、彼が口にするにはあまりにも相応しくない言葉に、意味を理解するのに時間がかかってしまった。

「……え？」

思わず聞き返してしまった私をじっと見つめる隼くんは、真剣な表情を崩さない。

冗談なんかじゃない……ってこと？　だとしたら、私たちは今まで、お互い同じ見栄《みえ》を張り続けてきた似た者同士だったの？

今までの二人の思い出が走馬灯のように蘇り、混乱に拍車をかけていく。

落ち着こう、私。何はともあれ、まずは彼の話の続きを聞こうと思った。

【鏑木隼の七月二十三日】

――俺、実は童貞なんだ。

一世一代の告白を終えた俺は、大きく息を吐いた。

覚悟は決めてきたものの、こんなに緊張する告白ってなかなかない。まだ震える手を日和ちゃんに見られないように、そっと拳を握って隠した。

日和ちゃんは驚愕《きょうがく》からか、目を大きく見開いたまま動かない。脳が必死に情報処理しているようにも見える。

そりゃそうだよな。ヤリチンだのなんだの言われてきた自分の彼氏が、まさか童貞だなんて思いもしなかっただろうし。

「……え？　そ、それって……？」

小首を傾《かし》げる日和ちゃんは予想通り混乱している。俺も彼女に「実は処女なの」だなんて言われたら、冗談かドッキリを疑うもんな。

「そうだよ。ヤリチンだなんて言ってくる奴《やつ》もいるけど、女の子とエッチするどころかお付き合いをするのも日和ちゃんが初めての、正真正銘の童貞だよ」

「そ……そうだったんだ……」

「……どうしても、言えなかった。高校生になってから陽キャグループに入って、周りの華やかな異性関係を聞いて、童貞だなんて言い出せなくなっているうちにヤリチンって言われるようになって……それからずっと、見栄張って否定することもできなくなった格好悪い男なんだよ、俺」

　こんな白状をしたら、日和ちゃんに引かれてしまうかもしれない。嫌われてしまうかもしれない。それでも、もう自分を偽るのは嫌だった。彼女にだけはこれ以上嘘《うそ》を重ねたくなかったのだ。

　そしてもう一つ、今まで言えなかった秘密を告白するために息を吸った。

「もう一つ、伝えたいことがあるんだ。……俺は高校入試の日、日和ちゃんに出会ったあの日からずっと、君のことが好きなんだ。一年以上も片想いを募らせて、幸運にも付き合えることになって内心はめちゃくちゃ舞い上がって浮かれていたのに……重い男だって引かれるのが嫌で、格好つけて伝えられなかった。片想いを明かして本気で告白して、振られるのが怖かったんだ」

　目を見て、ありったけの気持ちを込める。

「だからあのときは、あんな軽い感じでしか告白できなかったんだけど……俺は本当に超、超、超、日和ちゃんのことが好きなんだよ」

好意を伝えるシンプルな言葉を吐露すると、体中の全細胞が軽くなったというか、活性化するかのような解放感と喜びが全身を駆け巡った。

ああ、こんなことならもっと早く言えば良かった。

もし彼女が俺の告白を受け入れてくれて、もう一度二人で歩幅を揃《そろ》えて進んでいけるなら、これからは恥ずかしがらずに本心からの「好き」を伝えていきたい。

一緒にやりたいことは、たくさんある。

だけど全部、日和ちゃんの返事次第でもあるんだ。

日和ちゃんはその大きな瞳を揺らしていた。俺の突然の告白を二つも聞かされて、どう思ったのだろうか。

「……隼《しゅん》くん、わ、私は……」

「待って。俺の話をもう少しだけ聞いてほしいんだ」

今は彼女の心情を察することはしないでおく。

ここは童貞らしく、女の子のことを考える余裕など見せずに自分のことだけでいっぱいいっぱいになりながら、突っ走ってみようじゃないか。

「俺は今まで、噂《うわさ》とか周囲から抱かれるイメージにかなり翻弄されてきた。だけどもう気にしないって決めた。俺はヤリチンじゃないし、たくさんの女の子を知っているわけじゃないけれど、日和ちゃんのことを全力で大切にしたいって思ってる」

心臓の音が、聞こえる。彼女の美しい潤んだ瞳が、ただ俺を見据えている。

「日和ちゃんにはもしかしたら、俺は不釣り合いかもしれない。……あの日、日和ちゃんと一緒にいた男の人みたいに、もっとスマートで、もっとセンスがあって、もっと君を楽しませてあげられる男が他にもたくさんいると思う。でも、日和ちゃんを好きな気持ちだけなら俺は負けていないはずだ」

青臭いことを言っていると思う。それでも、俺は自分の言葉で伝え続ける。

「自分の見栄のせいで皆に誤解されたまま、皆が抱くイメージを崩さないようにしてきたけれど……もう、日和ちゃんにだけは嘘を吐《つ》きたくない。格好悪くても、ありのままの自分を好きになってもらえるように努力する。だから……」

緊張する。息を吸って、眼前の愛《いと》しい子を見つめた。

飾らない、そのままの言葉を告げる。

「これから先もずっと、俺と一緒にいてほしい」

軽い感じで「付き合う？」としか言えなかった、最初に告白したときの言葉とは比較にならないほどたどたどしく、不格好な告白だった。

だけど、俺の気持ちは全部込めた。振られたら向こう十年は恋愛なんてできないくらいの全身全霊の愛を、一方的だけど伝えることだけはやり遂げた。

曝《さら》け出してしまった本心を、日和《ひより》ちゃんは受け入れてくれるだろうか。

永遠にも感じられる時間。止まった時間を解除するきっかけとなったのは、日和ちゃんの言葉だった。

「……ビックリしないで聞いてほしいんだけど……あとできれば、引かないでほしくて……」

「驚かないし、何を言われても引かない。約束する」

日和ちゃんが何を言おうとも、そのまま受け止めるつもりだった。だけど、

「……あの……実は私も、その、経験なくて……。つまり……しょ……処女なの」

驚かないという約束を早々に破ってしまって申し訳ないけれど、平然としているなんて

無理がある。

さっきの日和ちゃんと同じように、今度は俺の体が固まってしまった。これが思考がバグを起こしている状態なのかと、現在進行形で体験している。

「ご、ごめんね。ずっと、言えなくて。……隼くんに引かれちゃったり、面倒臭いって思われるのが怖くて……。わ、笑っちゃうよね？　隼くんに手を握られるだけで赤面するような私が、ヤリマンだなんて。もしかしたら隼くんにはバレていて、気づかないフリをしてくれているのかなーと思っていたけど……違った？」

俺は勢いよくかぶりを振った。

「や、その……思っていたよりずっと純粋だなと感じることはあったよ？　だけど、俺も余裕なかったし……で、でも俺は、どんな日和ちゃんでも大好きだよ！」

経験人数なんて本当にどうでもいい。大事なのは、俺が実際に見てきた彼女だから。

っていうか、何度も機会はあったはずなのに確認しなかったことが本当に悔やまれる。

気になったことは聞くようにしていたならば、こんな馬鹿みたいな勘違いをすることもなかったのに。

「うん……ありがとう」

日和ちゃんに手を握られた。久々に感じる彼女の温かくて柔らかい手の感触が、俺の体に喜びを伝えていくようだった。

「……私に変な噂があっても、いつだって大切にしてくれる隼くんの気持ちが嬉《うれ》しかった。エッチはまだ経験したことはないけれど……私は隼くんのおかげで、本当に素敵な初恋を経験させてもらってる」

初恋という単語に目を瞬《しばたた》かせる俺に、日和ちゃんはくすりと可愛らしい笑みを零《こぼ》した。

「さっき、入試の日から私のことを好きって言ってくれたでしょ？　……私もね、あの日からずっと、隼くんのことが好きなんだよ？　……初恋と片想《かたおも》いが実った私は、本当に幸せ者だなって思う」

こんなに幸せなことがあるだろうか。

夢の中にいるみたいで足元が浮きそうになる俺を、繋《つな》いだ日和ちゃんの手が現実に留《とど》めさせてくれているようだった。

日和ちゃんは俺の目をしっかりと見つめて、恥ずかしがったり照れたりすることもなくはっきりとした言葉で告げた。

「私、隼くんのことが好き。大好き。初体験の相手は絶対に隼くんがいい。隼くん以外考えられない」

「日和ちゃん……」

一年以上の両片想いとおよそ三ヶ月間の見栄《みえ》を張り続けた交際期間を経て、俺たちはようやく本心を曝け出し合い、ぶつけ合うことができた。

そうなると、これは本能なのだろうか。

一度裸になってしまったら、もう我慢なんてできそうになかった。

お互いの気持ちが抑えられないかのように、俺たちは自然に顔を近づけた。溢《あふ》れそうな気持ちをぶつけるかのごとく彼女の唇を求めた結果、歯と歯が接触してしまった。

二人で顔を見合わせる。堪《こら》えきれずに、笑ってしまった。

「ひどいキスだね。それに暑すぎて俺めっちゃ汗掻《か》いてるし、全然クールじゃなかった」

「ふふっ、ほんとだね。……でも私は、今のキスも好き」

ヤリチンヤリマンの噂がある男女とは思えない不器用なキスだったけれど、気持ちの通い合った幸せなキスだった。

夢中になって気持ちを伝えているうちに、いつの間にか陽が沈んで逢魔《おうま》が時を迎えていた。紫色の世界が広がる二人きりの公園は、まるで俺と日和ちゃんを別の世界に誘導しているような、不思議な空間だった。

まだ帰りたくないな、と思った。まだ帰したくないな、と思った。

日和ちゃんも同じ気持ちでいてくれたらしい。彼女は俺の肩に頭を載せながら、小声で呟《つぶや》いた。

「……今日……お父さんとお母さんは二人でデートしてて、遅くまで帰って来ないの」

心臓が、大きな音を立てた。

ここで彼女の言葉の意味がわからないほどの唐変木ではないし、気づいていてすっとぼけられるほどの良心も余裕もない。

唾をごくりと飲み込んで、彼女に覚悟を問いかける。

「……そ、それって……」

「……今日はもう少し……一緒にいたいな……」

好きな女の子の直球な欲求は、男心を狂わせることを知る。

爆発しそうになる欲望を必死に抑え込んで、日和ちゃんの手を強く握った。

恥ずかしいだろうに、日和ちゃんの方から勇気を振り絞ってくれたんだ。

最後の言葉は、絶対に男の俺から言わなければ。

「……家に行っても、いい？」

——初体験まで、あと一時間——

☆

何度も送ってきたから日和ちゃんの家までの道程《みちのり》やマンションの外観は当然知っていたけれど、中に入るのは初めてだ。

「ただいまー……って、誰もいないんだけどね」

玄関の扉が閉められた。返って来ない声に俺の期待と緊張は高まっていく。

日和ちゃんに誘導されながら廊下を歩き、案内された部屋の前で彼女は照れ臭そうに言った。

「……こんなこと予想してなかったから、散らかってるんだけどね……どうぞ」

開かれた扉から目に飛び込んできたのは、いつかは行ってみたいと願っていた好きな女の子の自室だ。散らかっているなんて言っていたけれど普通に綺麗《きれい》だし、白と黒で統一された家具からは外見からは予想できないギャップというか、大人っぽさを感じた。

「全然綺麗だよ。雅久斗《がくと》の部屋なんてひどいよ？　アレルギー性鼻炎の人が入ったらくしゃみと鼻水が止まらなくなるって噂だし」

「あはは、そうなんだ？　女の子が遊びに来るときは片づけるの？」

「めちゃくちゃ片づけるって言ってた。でも面倒なときはラブホに行くから、金欠で苦しむことも多いみたいだけど……あ」

オープンシェルフの上とその周辺の壁に飾られたたくさんの写真に、目が引き寄せられた。

「これ、一年の体育祭の写真だね。日和ちゃんも咲《さき》さんも皆、気合入ってる！」

「こういうイベントって張り切りたくなるじゃん？　私たち『前代未聞《ぜんだいみもん》！　一年生が優勝！』っていう目標を掲げて、超一生懸命やったんだー。いい思い出！」

人が好きで、人に愛される彼女の人柄が伝わってくるかのような温かい写真ばかりだった。笑顔だったり変顔だったり、構図も表情もいろんなパターンがあったけれど、共通しているのはどの写真の日和ちゃんも可愛いということだ。

「う……このあたりの写真は……中学生のときの私は本当、芋だから！　恥ずかしいからあんまり見ないでー！」

「この頃の日和ちゃんも俺は可愛いと思うよ……あ！　この人……」

とある一枚の写真を見て、目を見開いた。

動物園でキリンを前に、今より少し幼い日和ちゃんとピースサインで写る男——彼女への誕生日プレゼントを買いに行った渋谷で、彼女と一緒に親しげに歩いていた黒いマスクのイケメンだった。

嫌な思い出がフラッシュバックして、口の中が渇いていく。

でも俺は決めたから。この目で見てきた日和ちゃんを信じるって。

「……この男の人って、日和ちゃんの友達？　……俺、この間日和ちゃんとこの人が一緒に歩いているところ見たんだよね」

緊張を悟られないように努めながら、イケメンを指差した。

「この人？　私のお兄ちゃんだよ。昔はよく似てるって言われていたけど、今はそんなに似てないかも？　今は一人暮らししてるんだけど、たまに帰って来るんだ。一緒に外出したのって最近だと渋谷かなあ？　隼《しゅん》くんが見たのって渋谷？」

あっけらかんと答えられて、拍子抜けしてしまった。

「う、うん。え、お兄さんだったの？　イケメンで、大きめのフープピアスしてた人？」

「そうだよ。イケメンだとは思わないけど、ピアスはよくしてるかも。あ、こっちの方が最近の写真だし顔もわかりやすいかな」

日和ちゃんが指を差した写真には、俺が見たイケメンが日和ちゃんのご両親らしき人たちと一緒にごはんを食べている姿が写っていた。

渋谷で見たときはマスクでハッキリと見えなかった部分がよく見える。通った鼻筋とか唇の形が日和《ひより》ちゃんとそっくりだった。

体から力が抜けていく。安堵《あんど》と早合点《はやがてん》の恥ずかしさから、この場に座り込んでしまいたい欲求に駆られた。なんとか堪えてその場に踏みとどまる俺の顔を覗《のぞ》き込むように見ながら、日和ちゃんは不安そうな顔で尋ねた。

「……さっき公園で、あの日一緒にいた男の人がどうとか言ってたのが気になってたんだけどさ……もしかして隼くん、お兄ちゃんと歩いている私を見て……私が、浮気《うわき》しているって思ったの？」

「……うん……ご、ごめん……いや、お揃《そろ》いのブランドバッグとか持ってたし、親しい仲なのかなって……」

口に出して改めて言われると、一人で勘違いして空回っていた俺ってかなり恥ずかしい奴《やつ》だ。日和ちゃんに兄弟がいる可能性をまずは考慮すべきだったじゃないか。

「もぉー！　怖いよー！　私の知らないところで変な勘違いされて嫌われちゃったら、一生立ち直れないから！」

「ほんっと、ごめん！　俺が馬鹿なせいで、日和ちゃんに無駄な心配させちゃったよね……どうしたら許してくれる？」

膨《ふく》れっ面《つら》で俺の胸をポカポカと叩《たた》く日和ちゃんに心底申し訳なさを感じていると、不意打ちで真正面から強く抱き締められた。

「……いいよ、許す。隼くんが勘違いしてくれたおかげで、私たちはありのままの姿になれたんだもん。でも……」

密着した胸から、日和ちゃんの心音がドクドクと伝わってくる。

「……私が好きなのは、隼くんだけだから。もっと、私を信じてほしいな」

世の中のヤリチンたちはどうやって女の子とエッチする状況に持ち込んでいるのだろうと、いつだって不思議だった。おそらく、そういうテクニックは確かに存在するはずだ。

だけど俺はまだ、そんな導入のテクニックや作法なんかを身につけてはいない。ひどくぎこちない動きで、日和ちゃんをベッドの上に押し倒した。

彼女の潤んだ瞳が俺を見ている。俺は今どんな顔をしているのだろう。緊張して体が小さく震える。口から心臓が飛び出しそうだ。

ゆっくりと顔を近づけて、キスをした。お互いの緊張を解《ほぐ》していくように、もしくは何も考えられなくするために、舌を絡《から》ませ合って少しずつ一つになる準備を整えていく。

「……っあ……」

日和ちゃんの唇から甘い吐息が零《こぼ》れる。上手《うま》く動かせない手で、たどたどしく日和ちゃんの着ていた服を脱がしていくと、真っ白な素肌が視界に飛び込んできてあまりにも扇情的な光景に頭がおかしくなりそうだった。

「……や、やっぱり恥ずかしいな……」

「……ごめん。でも……目を逸《そ》らすなんて、無理だよ……」

目の前に横たわる女の子に自然と視線が吸い寄せられる。なんて綺麗な体なんだろうと思った。

まだ全部を脱いだわけではないけれど、露出する白い肌に、いつもより間近で見る細くて長い脚に、いちいち目を奪われて息を呑《の》む。

俺なんかが触れてはいけないような神秘さと、俺がこの手で汚してしまいたい不埒《ふらち》な欲を抱かせる、相反する魅力に抗《あらが》えず彼女から目が離せずにいた。

ベッドの上で仰向けになって乱れた彼女の髪も、ブラジャーに包まれた胸も、何もかもが新鮮かつ神々《こうごう》しい。

もっと欲望に身を任せて俗っぽく表現していいのなら、エロい。興奮する。最高。

「……しゅ、隼くん……」

思わず見惚《みと》れていた最中に色っぽい声色で名前を呼ばれて、心拍数が上がった。

「……み……見るだけで、いいの……？」

ずっと見ていたい気持ちと、今すぐに一つになりたい欲望がずっと俺の中でせめぎ合っていたけれど、今の言葉で決壊してしまった。

唇を合わせると快感が体中を駆け巡り、ただでさえ普段から彼女のことばかり考えている頭の中が、一ミリの隙もなく彼女で満たされていく。

それは決して悪い気分ではなく、むしろ恍惚《こうこつ》。……そろそろ、ブラジャーを外してもいいよな？　ずっと妄想の中だけでしか触れられなかった、片手では収まらないように見える彼女の胸を揉《も》んでみたい。

手の届くところに、ブラジャーという拘束具に包まれている白い胸がある。現実味のない現実に戸惑いながらも、確かな感触を求めて唾を呑み込んだ。

「……私だけなのは、恥ずかしいよ……」

頬を染めた彼女が、俺を見つめながら呟いた。

……どの行為が恥ずかしいのだろう。半裸になってベッドに仰向けになっている、この体勢のことを言っているのだろうか。でもセックスって、ある程度は男が動かないといけないんじゃ……あ！　俺にも服を脱いでほしいってことか！

おそらく正解に辿《たど》り着いたとは思うのだが、硬直してしまった。

脱ぐのは今？　でもまだ彼女を一つも気持ちよくさせられていないのに、脱ぐのは変じゃないか？　それに脱ぐとしても、どこまで？　上だけ？　それとも、全部？

――わからない。俺はいつ、どうやって服を脱げばいいんだ？

セックスに慣れている男だったら自然に、スマートに、体が勝手に動くのかもしれない。だけど俺は、女の子の体を見るのも触るのも何もかもが初めての、今まさに初体験をしようとしている童貞だ。そんな俺にとって服を脱ぐタイミングなんて難題すぎるゆえに、頭の中はあっという間に疑問符で埋め尽くされていく。

俺は初体験を無事に終えることができるのだろうか。

内心焦《あせ》りまくっているくせに、こんなときにも格好つけてなんとか平静を装《よそお》うとする俺を、下着姿の彼女が大きな瞳で見つめている。

さあ、どうしよう。この先、どうやって進めていけばいい？

知識ばかりを積み上げてきただけで経験ゼロの俺は、頭でっかちになりすぎて体が急停止してしまった。

そんな俺の頬を、日和ちゃんは両手でそっと触った。

「隼くんも、緊張してる……？　わ、私はね……実はめっちゃ緊張してるんだ」

彼女の両手は、小さく震えていた。

「お互い初めてなんだからさ、上手くいかなくてもいいと思うの。成功しても失敗しても、二人の思い出になっていくんだしさ。……って、自分が何かやらかしたとき用に、予防線を張ってみたり」

そう言って笑う日和ちゃんを見て、俺は自分をぶん殴りたくなった。

日和ちゃんは女の子だし、俺の百倍は不安だろうし緊張もしているだろうに、彼女にフォローしてもらうなんてダサすぎだろ。男が廃る。

上手くいかなくてもいい。心のままに、日和ちゃんを求めよう。

「……全部、脱がすよ」

大きな胸を包む黒いレースのブラジャーにくらくらした。彼女が着用するにしては大人っぽすぎるようにも見えるけれど、もうめちゃくちゃに興奮する。

ブラジャーに手をかけようとすると、日和ちゃんは恥ずかしそうに呟《つぶや》いた。

「これ……ち、ちはるさんと一緒に選んだやつだよ……隼くん、喜んでくれた？」

「うん。可愛い。最高。俺のために選んでくれたなんて、嬉《うれ》しすぎて卒倒しそう……でも、外しちゃうんだけどね」

そう言いながら背中に手を回して、右手でホックを摑《つか》んだ。まだ見栄《みえ》を張っていたカラオケではホックを留める方の経験はした。あれからおよそ三ヶ月、ついに外す経験をすることになるなんて感慨深いものがある。

片手でのホック外しが無事に成功すると、彼女の胸を隠すように包んでいたブラジャーがふわりと浮いた。嬉しさと感動を胸に、次に目にするであろう柔らかいものを想像して一度唾を呑んでから、ゆっくりとブラを取り除けた。

初めてこの目で見る女の子特有の膨らみに、圧倒された。

下手でも心のままに彼女を求めようと決めたはずなのに、死ぬほど触りたいのに、この清らかで綺麗《きれい》な体を前に、日和ちゃんのことが好きすぎて躊躇《ためら》ってしまった。

彼女を痛がらせてしまったり、泣かせてしまったらどうしよう。

自信がない。大切だからこそ、俺が彼女を傷つけてしまったらと考えると不安になる。

再び動けなくなっていた俺に、日和ちゃんは問いかけた。

「……隼《しゅん》くん……入試の日、っていうか隼くんの眼鏡が壊れちゃったとき、私が言ったことを覚えてる……？」

「……えっと……同じ高校を受験するので連れて行きます……みたいな感じだったよね？」

どうして今そんなことを聞いてくるのだろう。小首を傾《かし》げる俺を見て優しく笑った日和ちゃんはかぶりを振って、

「……不安かもしれないけれど、私がついてるからね。私から離れないでねって……言ったんだよ。だから、大丈夫。私は……私も、何があっても隼くんから離れないから」

初めて会った日も、高校デビューしてからも、交際を始めてからも、俺はずっと不安だった。見栄を張ることばかりを覚えて、格好つけてばかりいるうちに、本当の自分を見せたら引かれたり離れていってしまうんじゃないかって、ずっと。

今はコンタクトレンズがしっかり入っている。視界は良好だ。迷子になることはない。

だけど、俺は絶対彼女から離れない。

触れて、触れられて、今までで一番深いところで彼女と繋《つな》がる。繋がりたい。

——あの日の俺が、今の俺に告げる。

日和ちゃんを好きになって良かったな、と。

「……可愛すぎるでしょ」

気障《きざ》ったらしいことを言えたのは、ここが最後だったと思う。この後は欲望に忠実に彼女のことしか考えられない獣になっていく感覚が強くなっていった。

この世に存在する柔らかさとは思えない膨らみを触っていくと、最初はくすぐったそうにしていた彼女の息が段々と荒くなっていった。固くなった先端に意図的に指を触れさせたとき、彼女の口から今までに聞いたことのない甘い声が出るのを聞いて、本当に歯止めが利かなくなった。

「……く、くすぐったい、のと……き、気持ちいいのが混ざってる、感じ……」

恥ずかしそうに顔を隠す日和《ひより》ちゃんの腕を摑んで、潤んだ瞳を見ながらキスをした。

童貞らしくところどころ戸惑いながらも、がっついてしまう気持ちを隠せない。こんな男がヤリチンと呼ばれているなんて笑われてしまうだろう。

キスをして、言葉で想《おも》いを伝えて、白い体に何度も指と唇で触れて、精一杯の表現で彼女を愛していく。

日和ちゃんの息が乱れる。俺の欲求が限界を迎える。

お互いの気持ちが今までで一番強く、そして深く通じ合っていたように思う。

そしていよいよ、そのときが来た。俺も日和ちゃんも、それを察していた。

お互い緊張はしている。不安もある。

だけど、なんだろう。彼女と一つになれる喜びみたいなもので、体中が満たされている。

ゴムを着けた後、キスをねだられた。舌を入れて気持ちを高めてから、そっと唇を離した。

「……いい？」

「……うん、きて。……あ……あのね隼くん、お願いがあるの」

「な、なに？」

「……できれば……その、最中に、わ、私の名前を呼んでほしいなって……駄目？」

もう、理性なんてものは完全に吹き飛んだ。

ぎこちなく腰を動かして、ゆっくり、ゆっくりと彼女の扉をこじ開けて——そうして俺たちは初めて、一つになった。

初めての感覚。俺はもう、言葉にならない快感を堪《こら》えるのに必死だった。こんなの覚えてしまったら、人生が変わってしまうと思えるほどだった。

——だけど日和ちゃんは、痛みで顔を歪《ゆが》めていた。

セックスは二人でするものだ。俺ばかりが気持ちいいのは駄目だ。

こんなに辛《つら》そうなら、今日は無理に最後までしなくてもいいんじゃないか？　格好つけずに彼女を求めようと決めたけれど、彼女に負担がかかり過ぎるならばそれはまた別の問題だろう。

もうやめようと決意した瞬間、首に手を回されて耳元で懇願された。

「やめないで……私なら、大丈夫だから」

俺の想像なんて遠く及ばない痛みに堪えているはずなのに、日和ちゃんは俺たち二人の初体験を成功させようと頑張ってくれている。

彼女の覚悟を、彼氏である俺が信じてあげられなくてどうする。

「……わかった……動くからね」

小さく首肯した日和ちゃんの様子を窺《うかが》いながら、ゆっくりと動く。繋がった部分のキツさと彼女から漏れる辛そうな声から、痛みが伝わってくるようだ。懸命に俺を受け入れようとしてくれる健気《けなげ》さに、日和ちゃんへの想いが溢《あふ》れそうになる。

「……好きだ」

心の中に留《とど》めておけなかった日和ちゃんへの気持ちが、唇から零《こぼ》れ落ちていた。

「あっ……」

そのとき、キツかった彼女の中が少しだけ動きやすくなった気がした。……もしかして、俺の言葉で感じてくれたのだろうか。彼女への愛おしさが爆発して、動きながら耳元で気持ちを伝えていく。

その度に日和ちゃんの感度が高まっていくのを声と体で実感する。そんな可愛らしい反応を直《じか》に受け止める俺は、元々余裕なんて微塵《みじん》もないっていうのに、彼女との行為に溺れていくしかなくなる。

「……日和ちゃん」

「あっ……んん……！」

名前を呼ばれた日和ちゃんの反応で、喜んでくれたことを知る。

「日和ちゃん」

「んっ、あっ」

色っぽい声に俺の興奮もどんどん高まっていく。

「……日和」

呼び捨てをしたとき、日和ちゃんのこれまでで一番本能的な嬌声《きょうせい》を聞いて、俺の終わりが近いことを察した。

「そろそろ、限界かも……」

日和ちゃんの手を握りながらそう伝えると、彼女は俺の手を握り返した。

「……最後は……キスして、ほしい……！」

返事をするよりも先にその唇を奪った。可愛すぎて、もう無理だ。

日和ちゃんへの俺の気持ちが最高潮に達したと同時に、俺の初体験は無事に終わりを告げたのだった。

　クーラーがガンガンに効いた部屋の中で、俺たちはシーツに包《くる》まってくっつき合いながら初体験の余韻に浸っていた。

「日和ちゃん大丈夫？　動けそう？」

「んー……もう少しこのままでいたいかも。いろんな意味で……」

　俺に気を遣って最後まで「痛い」とは口にしなかった日和ちゃんの頭を撫《な》でる。こんな可愛い子が初体験の相手で良かったし、こんな素敵な子の初体験の相手になれて良かったと心から思う。

「……隼くん……」

「ん？　なに？」

　裸のまま俺に抱きついている日和ちゃんが、顔を上げて笑った。

「大好き」

　セックスは裸になって、心の中の気持ちも今までの経験もすべて晒《さら》し出すものだ。見栄《みえ》も何もあったもんじゃないよな。

だからこそ嘘《うそ》偽りのない、ありのままの本心で、俺は彼女に告げるのだ。
「俺も、大好きだよ」

彼女のことを今まで以上に大切にしたいと思った。
だってセックスは恋人たちのゴールではなく、スタートの一つに過ぎないのだから。
童貞を卒業したばかりの俺は、そんな青臭いことを思いながら愛《いと》しい彼女を抱き締めた。

——初体験から、二十分——

俺たちの新しい関係はもう、始まっている。

エピローグ　たくさんの「はじめて」を一緒に

俺と日和ちゃんが初めて肌を重ねてから、二週間が経《た》とうとしていた。

「ついにヤッたんだってな！　童貞卒業おめでとう！　隼クン！」

俺の家に遊びにやって来た雅久斗《がくと》が、コンビニで買った赤飯おにぎりを俺に手渡した。

「……赤飯の意味違くね？　ありがたくいただくけどさ」

俺から雅久斗に初体験について話したわけではない。日和ちゃんが駅で偶然雅久斗に会ったとき、こいつの巧みな誘導尋問にまんまと引っかかりポロッと話してしまったのだそうだ。

椅子に腰掛けた雅久斗は、俺が出した麦茶を一気飲みしてから聞いてきた。

「なあ、ずっと好きだった子とエッチするって、どんくらい気持ちいいの？　パンツ脱いだだけで達するレベル？」

「……お前には秘密だ。知りたかったらお前も本気の恋をしてみろ」

「相変わらずキザなことを言うねえ隼《しゅん》は。……本気の恋か―、してみたい気もするけど、無理だろうな―……あ、カガヤンは結構、隼みたいなこと言うかも。男を見る目はないけど、好きになったらその人しか見えないんだってさ」

雅久斗の口から咲《さき》さんの名前が出てきたことに、違和感を覚えた。俺が知らない間に、二人は距離を縮めているのか？

……っていうか、まさか……！

「雅久斗お前……咲さんに手を出したりはしていないだろうな……？」

「相性抜群だったわ」

ニヤリと口の端を上げる雅久斗を見て、背中に嫌な汗が流れた。

もし雅久斗が咲さんに対して、普段他の女の子にするような無礼な真似《まね》をしてしまった場合、傷つくのは咲さんだけじゃない。日和ちゃんも大いに悲しむだろう。

彼女のためにも、今のうちにでっかい釘《くぎ》を刺しておかねばならない。

「そんな怖い顔するなって、冗談だよ。お前らがラブホ行ってる間にちょっと喋《しゃべ》っただけ。親友の彼女の親友に手を出すなんて、そんな節操のないことはしねえよ。なんかあったら隼となかむ―が、ギクシャクするかもだろ？」

全身から力が抜けていく。……そうだよな。こいつは自分が決めたルールを守る冷静さを常に持っている、意外にクレバーな男だしな。

「でも……もし雅久斗が本気で咲さんを好きになったなら、俺に遠慮するなよ？」

「変な気を遣うなって。オレは背が高いモデル体型の女の子が好みなんだよ。カガヤンはそもそもタイプじゃねえんだ」

本当のヤリチンである俺の親友は、力強く言い切った。

「だからまあ、オレがカガヤンを好きになることは、絶対にないと思うわ」

……絶対にないと言われると逆に勘繰ってしまうのは、俺だけだろうか？

☆

バイト先であるファミレス「ライツ」の外で待つ俺の肩を、制服から私服へと着替え終わったちはる先輩が軽く叩《たた》いた。

「お待たせー！　よーし、それじゃ行こうか！」

バイトが終わる時間が一緒だった俺と先輩は、二人で駅近の焼肉屋へ向かった。これは先輩とデートだとか、断じて浮気《うわき》の類ではない。

「隼くん、ちはるさん、バイトお疲れ様です！　こっちですよー！」

店に先に入っていた日和《ひより》ちゃんは笑顔で出迎えてくれた。日和ちゃんと一緒に俺と先輩を待っていたイケメンを見て、緊張から背筋が伸びる。

彼の対面に座る格好となった俺は、真正面から一礼して切り出した。

「初めまして。日和さんとお付き合いさせていただいております、鏑木《かぶらぎ》隼と申します。今日は夕食をご一緒できて、とても嬉《うれ》しく思っています」

数日前から懸命に考えてきた挨拶を噛《か》まずに言えて安堵《あんど》する俺を審査するように、日和ちゃんの実兄——仲村昴流《なかむらすばる》さんは、じっと俺を睨《ね》めつけてきた。

写真でも相当美形だったけれど、生で見ると同性の俺から見ても見惚《みと》れそうになる。というか、日和ちゃんに似ているから俺の好みの顔であることは間違いないわけで。

「……俺は別に嬉しくない。日和がどうしても四人で飯が食いたいって言うから来ただけで、お前のために来たわけじゃない。勘違いするなよ」

先日、日和ちゃんに彼氏ができたことを知った昴流さんが俺を偵察するためにライツに乗り込んできた。その際、ちはる先輩と昴流さんが同じ大学の友達であることが判明し、四人で夕食に行こうという話になったのだ。

昴流さんは日和ちゃん曰《いわ》く「結構シスコン」とのことだけど……結構どころか、かなり妹を溺愛しているみたいだ。日和ちゃんと昴流さんがお揃《そろ》いで持っていたあのブランドバッグも、昴流さんがバイト代をつぎ込んで昨年のクリスマスにプレゼントしたものらしい。

妹にそこまでしてあげられる兄って、珍しいのではないだろうか。

日和ちゃんのご家族とはできれば仲良くしていきたいのに、いきなり前途多難で苦笑するしかない。

昴流さんの隣に座ったちはる先輩は、彼からメニュー表を奪った。

「何くっだらないツンデレかましてんの？　さ、注文しよ！　ウチら二人は生！　高校生たちは何飲むー？」

注文したビールとコーラとオレンジジュースが運ばれ、肉を注文し終わってから四人で乾杯をした。

「隼くんとお兄ちゃんとちはるさんと一緒にごはん食べるなんて、私、まだちょっと変な感じするかも」

同意を求めて日和ちゃんは笑いながら俺に体を寄せてきたが、昴流さんの刺すような視線に気づいてそっと元の位置に戻った。

「お兄さん、肉がきたら俺が焼きますからゆっくり飲んでてくださいね」

昴流さんに少しでも好かれたくて努めて明るい声で話しかけたが、彼は眉間に皺《しわ》を寄せてしまった。

「お前にお義兄《にい》さんなんて言われる筋合いはないね」

テーブルの下で日和ちゃんが俺の手を握っていてくれなかったなら、泣いていたかもしれない。

「古臭いねー昴流は！　それに今のは『お義兄さん』じゃなくて、普通に日和ちゃんの『お兄さん』のニュアンスでしょ？　妹が可愛すぎて馬鹿になっちゃったの？」

俺に対してはからかってはくるものの、いつもひたすら優しくて甘やかしてくれるちはる先輩の厳しい言葉を聞くのは新鮮で少し驚いた。

だけど昴流さんにとってはこっちの先輩の方がデフォルトなのか、特に反応を見せることもなく淡々とビールを呷《あお》っていた。

「妹が可愛いのは当然だろ。日和はまだ十六歳だぞ？　男と付き合うとかどう考えても早いだろ！　……いいか日和。男はエロいことしか頭にないんだ。この男だって……」

「もう！　しつこい！　その話は聞き飽きた！　隼くんとお兄ちゃんを一緒にしないで！隼くんは優しいし紳士だし、私のこと超大事にしてくれるんだから！　ね？」

曇りなき眼《まなこ》で俺を見てくる日和ちゃんに微笑《ほほえ》みながら、内心で少しの罪悪感を抱く。

大事にはしているけれど、エロいことは考えています。ごめんなさい。

「昴流はさー、自分は早くに脱童貞して女の子と遊びまくってきたくせに、妹にだけ貞操を守れとかアホかって。散々女の子を泣かせてきた経験があるから、男は信用できないって思うんでしょー？　隼くんはあんたとは違うの。まあ、これから知っていけばいいよ」

「ちはる先輩……ありがとうございます」

先輩のフォローはありがたいけれど、決めるところは俺自身が決めないと意味がない。

俺は箸を置いて深呼吸し、「昴流さん」と声をかけた。

「俺、日和さんを本当に大切に思っていますし、これからもずっと一緒にいたいと思っています。だからどうか、俺たちの交際を見守っていてほしいです。お願いします」

日和ちゃんも俺に倣《なら》って背筋を伸ばして、昴流さんを真剣な顔で見つめている。

昴流さんは俺たちに聞こえるように大きな溜息《ためいき》を吐《つ》いて、腕を組んだ。

「……泣かせたらぶん殴る。大事にしなかったら、殺す。いいな？」

「はい！　ありがとうございます！」

どうやら、とりあえずは認めてもらえたようだ。日和ちゃんと顔を見合わせて安堵から顔を綻ばせた。

俺の様子を見守っていてくれたちはる先輩は、静かに微笑んでいた。

「昴流はどうして日和ちゃんのパパでもないのにそんなに偉そうなの？　隼くんなんて絶対ご両親ウケする好青年なんだから、いずれ仲村家で孤立するのはあんたの方じゃん？」

「そうだよ。こんな重いやり取りしちゃってさー、け……結婚の挨拶じゃないんだから」

顔を赤くした日和ちゃんの口から「結婚」という単語を聞いた昴流さんは、わかりやすくショックを受けて青ざめた。

そして俺は対照的に、日和ちゃんと同じように赤面してしまったのだった。

☆

日和ちゃんは昴流さんと一緒に帰ったため、俺はお礼を兼ねてちはる先輩を家まで送ることにした。

星空の下を歩きながら二人でいろいろな話をした。ほろ酔いの先輩は普段よりも少しお喋りで、白い肌に朱が散っている。先輩の家が近づくにつれて心なしか歩くペースが落ちた気がしたのはきっと、酔いから来るものなのだろう。

「もうちょっとでお家《うち》に着くよぉ。ふふふ、ついに隼くんを家に連れ込めそう～」

「ここで誘惑に乗ったら俺、昴流さんにミンチにされますね。……先輩、今日は本当にありがとうございました。先輩がいてくれて、良かったです。……いや、そう思ってるのは今日だけじゃないです。いつもです。先輩とシフトが一緒だと俺、実は嬉しいんですよ」

この機会に日頃の感謝の気持ちを伝えたかった。じっと俺の顔を見つめていた先輩は、突然「えい」と鼻を抓《つま》んできた。

「……天然タラシも程々にね！　彼女持ちの男の発言としては注意した方がいいよ？」

「ただの本心だったんですが……わかりました。先輩がそう言うなら、気をつけていきたいと思います」

少しの間、沈黙が俺たちの間に流れた。先輩の履いているサンダルが歩く度に奏《かな》でる音を、ぼんやりと聞いていた。

「ん、ここでいいよ。彼女でもないのに家まで送ってもらうなんて、よく考えたら日和ちゃんに悪いし」

コンビニの前で急に先輩は足を止めた。

「夜道は危ないですし、ここまで来たら送らせてください。それに日和ちゃんは、むしろ先輩が心配だから家まで送ってって言いますよ」

さっきみたいに、いつもは冗談で家に連れ込もうとする発言の多い先輩なのに急にどうしたのだろう。何か不快にさせる言動があったのかもしれないと不安になった。

表情に出ていたのだろうか。先輩は微笑みながら「違うよ」と言って、

「あたしは隼《しゅん》くんも日和ちゃんも可愛くて大好きだから、二人とも幸せになってほしいって心から思ってるよ。でも……」

背伸びをした先輩は俺の耳元に唇を近づけて、熱っぽい吐息と共に囁《ささや》いた。

「……隙を見せたら、奪いにかかるから。油断しないようにね」

熱を帯びた耳朶《じだ》が赤くなっていることを自覚する間もなく、俺は先輩に抱きつかれていることに気がついた。

俺の胸のあたりに先輩は顔を埋《うず》めていて、その表情を窺《うかが》うことはできない。ただひたすら先輩のしなやかな体を感じながら、俺は混乱していた。

この状況は一体、なんだ？ 俺を奪いにかかるって、どういうことだ？

……先輩は俺のことが、好きってこと？

頭の中でぐるぐる考えて硬直する俺の顔を覗《のぞ》き込んで、先輩は白い歯を見せた。

「あー、少し飲みすぎちゃったかな。ごめん、今のは忘れて。それじゃ、おやすみ隼くん。また次のバイトでねー」

そう言って、俺が聞き返すより先に先輩は去ってしまった。……またからかわれたと解釈してもいいのだろうか。だとしたら、俺はしてやられたことになる。

長い息を吐いて、まだ熱い耳朶に触れる。

童貞を卒業したところで、女心がわかるような上級スキルは急に身につくものでもなく、先輩に敵《かな》う未来はまだ想像もできない。

だからいつだって俺をからかい続ける先輩の手のひらの上で転がされながら、実は尊敬している人との時間を楽しんでいこうと思う。

次にシフトが被《かぶ》るのは水曜日か。俺だって少しは、先輩をからかってみたい。

作戦を練りながら帰路を歩く一人の夜は、わりと楽しい時間だった。

☆

遅くなってしまったけれど、志乃《しの》に期末テスト前の勉強を見てもらったお礼がしたいと言ったところ、彼女がご所望だったのは俺と二人で散歩することだった。

もっとどこかに行きたいとか何か奢《おご》ってほしいとか、そういうおねだりをされると思っていた俺は拍子抜けだった。

「欲がないなあ志乃は。俺、結構我儘《わがまま》聞くつもりだったんだけどな」

「……あのさ、隼ちゃんはわたしのことを妹みたいに扱ってくるけれど、わたしだって一人の女の子だってこと忘れてない？　隼ちゃんは彼女持ちなんだから、他の女の子とあまりデートっぽいことはしない方がいいと思うよ？」

呆《あき》れたように溜息を吐かれて、しゅんとなった。

「そ、そうだよな……いつも志乃には気を遣わせてばっかりだ。ごめん。でも俺、志乃が女の子だって忘れたことなんてないよ？」

「はいはい。……あ、あそこの家では向日葵《ひまわり》を育ててるんだね。綺麗《きれい》」

最近は家の中でばかり会っていたから、太陽の下で志乃と話すのは久しぶりな気がした。八月の強すぎる陽射《ひざ》しに、志乃の白い肌はやけに眩《まぶ》しく見える。

「仲村《なかむら》さんとは、最近どう？」

「おかげさまで順調だよ。惚気《のろけ》てもいい？」

俺に彼女ができたことを知って以来、志乃は顔を合わせる度に日和《ひより》ちゃんとの様子を聞いてくる。櫻女《おうじょ》は女子校だし、とりわけ恋愛に興味があるのかもしれない。

「駄目。……最近隼ちゃん、なんかちょっと浮かれてるっていうか、また雰囲気変わったよね。……仲村さんとの、その……そういう行為って、そんなに気持ちいいの……？」

「なっ……な、何を言って……!?」

思いっきり狼狽《ろうばい》した。「しまった」と思ったときにはもう遅い。脱童貞をした油断から か、経験の有無なんて今まで志乃に聞かれてもぼやかしてきたのに、自ら肯定したような形になってしまった。

「……そっか……わたしも、してみたら何か変わるのかなあ」

「ばっ……馬鹿！　そういうのは好奇心でやっちゃ駄目だ！　志乃に本当に好きな人ができて、そいつが志乃のことを大切にしてくれるって感じたときに初めて――」

「馬鹿なのは隼ちゃんだよ。わたし、相手は誰でもいいって言った？」

俺の言葉を遮るように近づいてきた志乃は、どういう意味なのか推測する暇すら俺に与えないまま、続けて言葉を紡《つむ》いだ。

「ねえ隼ちゃん。もしわたしが、隼ちゃんのことを好きって言ったら……どうする？」

民家の前で大きく咲き誇る向日葵が、俺たちを見下ろしている。

それは今日の夕ご飯を聞かれるのと同じくらい自然に告げられた、本気なのか冗談なのかもわからない言葉だった。

「えっと……それって、どういうこと……？」

好意からくる告白なのであれば、いつどこで誰に言われようとも、それが気心知れた可愛い幼馴染《おさななじみ》相手でも、俺の答えは決まっている。

動揺する俺の手を取った志乃は、凛《りん》とした声色で告げた。

「わたし、仲村さんに負けないから」

俺の質問に答えず、一人でスッキリしたように微笑《ほほえ》む志乃の表情を見て、何かを察してしまいそうになる。

「な、なんの勝負？」

「ん？　わたしも勉強ばっかりしてるんじゃなくて、いろんな面で頑張ろうって意味だよ。……仲村さんは魅力的だもんね、隼ちゃん？」

あ、そうか。負けたくないっていうのは、日和ちゃんを目標にして自分磨きがしたいって意味だったのか。

……危ない。おかしな勘違いをして恥をかくところだった。

「前にも言ったじゃん。日和ちゃんと比較しなくても、志乃は十分可愛いよ」

「ありがと。やる気出てきた。ねえ、隼ちゃん。ちゃんとわたしのこと見ててね？」

そう言って志乃は、上目遣いのまま無邪気に笑った。

久々に昔の志乃っぽいというか、妹みたいなお願いをされて目尻が下がる。

志乃は俺にとっては家族と同じ、大切な存在だ。

ずっとこんな関係を続けていけたらいいなと、可愛らしい笑みを浮かべる志乃を見つめながら思った。

☆

夏休みも残り一週間となってしまった。

総括するには少し早い気もするけれど、今年の夏は本当に特別だったと思う。

海、誕生日デート、夏祭り……他にもたくさん、初めてできた彼女と思い出を作った。

いつか大人になって振り返ってみたとき、まさに特別な夏だったと断言できるような充実した日々を過ごしたと自負している。

デート帰り、手を繋《つな》いで日和ちゃんを家まで送っている途中で、彼女は少し緊張したように切り出した。

「……今週末、お父さんとお母さんが夫婦水入らずで旅行に行くんだ」

「そうなの？　……日和ちゃん一人になっちゃうってこと？」

鼓動が速くなっていくのを自覚する。俺は彼女が次に口にするであろう言葉に、大きく期待しているらしい。

「うん。……だから……もし、隼くんの予定が空いていたら、なんだけど……ウチに泊まりに来ない？」

たぶんその日は、俺の想像を遥《はる》かに超える多くの経験をするのだろう。

でも、二人なら何があっても大丈夫な気がする。

この馬鹿みたいな万能感、無敵になった感覚はきっと、高校生の俺たちにしかない特有のものだと思う。

「行きたい。ただ……その日はいろいろ頑張っちゃうと思うよ？　いい？」

ありのままの姿を見せた今でも、格好つけたがる癖が未《いま》だに抜けない俺を見て日和ちゃんは笑った。

「あ、今格好つけた？」

「い、いいでしょこれくらいは！　格好つけたいところじゃん！」

根拠のない万能感やくだらない見栄《みえ》は、もしかしたら数年後に顔を覆いたくなるような黒歴史と呼ばれるものになっているのかもしれない。

でもそれらは全部、青春の象徴だ。

だとしたら今は全力で、この青い日々を駆け抜けていくことだけを考えよう。

「隼くん、なんか嬉《うれ》しそうだね？」

「ん？　……楽しみだなーって思って」

「お泊まりが？　……隼くんのエッチ」

「それももちろん楽しみだけど……これからのことを考えてたら、ニヤけちゃって」

これから先も二人でいるのなら、楽しいことばかりじゃないだろう。

喧嘩《けんか》もするだろうし、腹を立てたり、涙を流す日だってくるだろう。

それでも、俺は日和ちゃんと一緒にいることを望む。一緒にいられるように努力する。

日和ちゃんも俺と同じ気持ちでいてくれたらいいなと繋いだ手に力を込めると、彼女は汗ばんだ俺の手を握り返して微笑んだ。

「この先もずっと、いろんなことを二人で経験していこうね。私はどんな初体験も、隼くんと一緒がいいなって思うから」

たくさんの「はじめて」が待っている俺たちの未来に、カウントダウンはもう必要ない。

あとがき

本作は周囲からの噂《うわさ》や評価に振り回されて見栄《みえ》を張り続けてきた高校生カップルが、いろんな意味で裸になるまでの物語です。

主題と同様、作者としても初めて挑戦することが多かったのですが、いかがでしたでしょうか？　少しでも楽しんでいただけましたなら、望外の喜びです。

ここからは、謝辞を述べさせていただきます。

担当編集様。断言できますが、本作は編集様がご担当でなければ生まれなかった物語です。完成までに多大なお力を貸してくださり、ありがとうございました。

これからも一緒にお仕事ができることを、切に願っております。

イラストレーターのみすみ様。お送りいただいたイラストを拝見する際は「めっちゃ、いい」「超可愛《かわい》い」しか言えませんでした。語彙力が消失してしまうほどの魅力的なイラストで本作を彩《いろど》ってくださり、ありがとうございました。

刊行に携わられた関係者の皆様。ありがとうございました。今後とも何卒《なにとぞ》よろしくお願い申し上げます。

この本をお手に取ってくださった読者様。今日も小説が書けるのは、あなたのおかげです。いつも感謝しておりますが、この場をお借りして改めてお礼を言わせてください。本当にありがとうございます。

ご満足いただける物語をお届けできるよう、これからも邁進《まいしん》して参ります。

続きを読みたいと思ってくださる読者様が多くいらっしゃったなら、次巻は日和の恋を心から応援してくれた、男運がないあの子の本当の「初めて」の物語を書きたいと思っております。応援していただけましたら幸甚《こうじん》でございます。

またお会いできますように。

日日綴郎《ひびつづろう》

お便りはこちらまで

〒一〇二‐八一七七
ファンタジア文庫編集部気付
日日綴郎（様）宛
みすみ（様）宛

富士見ファンタジア文庫

あのね、じつは、はじめてなんだ。

ゆるそうでうぶな彼女《かのじょ》との初体験《はつたいけん》まで、あと87日《にち》

令和５年３月20日　初版発行

著者——日日《ひび》綴郎《つづろう》

発行者——山下直久

発　行——株式会社KADOKAWA

〒102-8177

東京都千代田区富士見2-13-3

0570-002-301（ナビダイヤル）

印刷所——株式会社暁印刷

製本所——本間製本株式会社

本書の無断複製（コピー、スキャン、デジタル化等）並びに無断複製物の譲渡および配信は、著作権法上での例外を除き禁じられています。また、本書を代行業者等の第三者に依頼して複製する行為は、たとえ個人や家庭内での利用であっても一切認められておりません。

※定価はカバーに表示してあります。

●お問い合わせ

https://www.kadokawa.co.jp/（「お問い合わせ」へお進みください）

※内容によっては、お答えできない場合があります。

※サポートは日本国内のみとさせていただきます。

※Japanese text only

ISBN978-4-04-074923-5 C0193　◇◇◇

©Tsuzuro Hibi, Misumi 2023

Printed in Japan

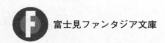

切り拓け！キミだけの王道
ファンタジア大賞
原稿募集中！
賞金
《大賞》300万円
《金賞》50万円
《銀賞》30万円
選考委員
細音啓「キミと僕の最後の戦場、あるいは世界が始まる聖戦」
橘公司「デート・ア・ライブ」
羊太郎「ロクでなし魔術講師と禁忌教典《アカシックレコード》」
ファンタジア文庫編集長
前期締切 8月末日
後期締切 2月末日
公式サイトはこちら！ https://www.fantasiataisho.com/